CW00394424

Christine Féret-Fleury a publié en 1996 son premier livre pour la jeunesse, *Le Petit Tamour*, suivi en 1999 par un roman, *Les vagues sont douces comme des tigres* (couronné par le prix Antigone), puis par environ quatre-vingt-dix autres titres. Lectrice boulimique, elle aime tester à l'écrit tous les genres littéraires.

Christine Féret-Fleury

LA FILLE QUI LISAIT
DANS LE MÉTRO

ROMAN

Denoël

TEXTE INTÉGRAL

ISBN 978-2-7578-6896-6
(ISBN 978-2-207-13395-8, 1ʳᵉ édition)

© Éditions Denoël, 2017

Pour Guillaume et Madeleine, mes éditions princeps...
Et pour toi, petit Robin, venu au monde
alors que j'écrivais les dernières phrases de ce roman.
Que ces « amis de papier » – les livres – t'accompagnent
fidèlement, pour te réjouir et te consoler,
tout au long de ta vie !

« J'ai toujours imaginé que le paradis
serait une sorte de bibliothèque. »

Jorge Luis BORGES, *L'Aleph*

1

L'homme au chapeau vert montait toujours à Bercy, toujours par la porte de tête du wagon, pour descendre par cette même porte à La Motte-Picquet-Grenelle dix-sept minutes plus tard très exactement – les jours où arrêts, sonneries et claquements métalliques se succédaient avec régularité, les jours sans affluence exceptionnelle, sans accidents, sans alertes, sans grève, sans arrêts pour régulation du trafic. Les jours ordinaires. Ces jours où l'on a l'impression de faire partie d'une machinerie bien huilée, un grand corps mécanique où chacun, bon gré mal gré, trouve sa place et tient son rôle.

Ces jours où Juliette, à l'abri derrière ses lunettes de soleil en forme de papillon et sa grosse écharpe tricotée par mémé Adrienne en 1975 pour sa fille, une écharpe de deux mètres cinquante en comptant juste, d'un bleu passé, celui des cimes lointaines à sept heures du soir en été, et encore pas n'importe où, sur les hauteurs de Prades en regardant vers le Canigou, se demandait si son existence avait plus d'importance, en ce monde, que celle de l'araignée qu'elle avait noyée le matin même dans sa douche.

Elle n'aimait pas ça – braquer le jet sur le petit corps noir et velu, regarder du coin de l'œil les pattes fines s'agiter frénétiquement puis se replier d'un coup, voir l'insecte tournoyer, aussi léger et insignifiant qu'un brin de laine arraché à son pull préféré, jusqu'à ce que l'eau l'entraîne sous la bonde aussitôt refermée d'une tape énergique.

Des assassinats en série. Chaque jour elles remontaient, les araignées, émergeaient des canalisations après un périple aux débuts incertains. Étaient-ce toujours les mêmes qui, une fois projetées dans ces profondeurs obscures, difficiles à imaginer, ces entrailles de la ville semblables à un immense réservoir de vie grouillante et puante, se dépliaient, ressuscitaient, puis reprenaient une ascension presque toujours vouée à l'échec ? Juliette, meurtrière coupable et écœurée, se voyait sous les traits d'une divinité impitoyable, distraite pourtant, ou trop occupée la plupart du temps pour remplir sa mission, veillant par intermittence sur la bouche d'accès aux Enfers.

Qu'espéraient les araignées, une fois à pied sec – si l'on pouvait dire ? Quel voyage avaient-elles décidé d'entreprendre, et dans quel but ?

L'homme au chapeau vert aurait peut-être pu lui donner la réponse, si Juliette avait osé l'interroger. Chaque matin, il ouvrait son cartable et en tirait un livre enveloppé d'un fin papier presque transparent, tirant lui aussi sur le vert, dont il dépliait les coins avec des gestes lents, précis. Puis il glissait un doigt entre deux pages déjà séparées par une bande du même papier et commençait sa lecture.

Le livre avait pour titre : *Histoire des insectes utiles à l'homme, aux animaux et aux arts, à laquelle on a joint un supplément sur la destruction des insectes nuisibles.*

Il caressait la reliure de cuir moucheté, le dos orné de filets dorés où le titre se détachait sur fond rouge.

Il l'ouvrait, l'approchait de son visage, le humait, les yeux mi-clos.

Il en lisait deux ou trois pages, pas plus, à la façon d'un gourmet dégustant des choux à la crème à l'aide d'une toute petite cuillère d'argent. Sur son visage se dessinait un sourire énigmatique et satisfait – celui que Juliette, fascinée, imaginait associé au Chat du Cheshire d'*Alice au pays des merveilles*. À cause du dessin animé.

Ce sourire, à la station Cambronne, s'effaçait pour laisser place à une expression de regret désappointé ; il repliait le papier, replaçait l'ouvrage dans sa serviette dont il faisait claquer les fermoirs. Et se levait. Pas une fois il n'avait posé son regard sur Juliette, qui, assise en face de lui – ou debout, cramponnée à la barre lustrée chaque jour par des centaines de paumes gantées ou non –, le dévorait des yeux.

Il s'éloignait à petits pas, très droit dans son manteau boutonné jusqu'au cou, son chapeau incliné sur le sourcil gauche.

Sans ce chapeau, sans ce sourire, sans ce cartable où il enfermait son trésor, Juliette ne l'aurait probablement pas reconnu. C'était un homme comme on en voit tant, ni beau ni laid, ni attirant ni antipathique. Un peu gros, d'un âge incertain, enfin, certain, pour parler par clichés.

Un homme.

Ou plutôt : un lecteur.

« L'abeille, le ver à soie, le kermès, la cochenille, l'écrevisse, les cloportes, les cantharides, les sangsues… »

– Qu'est-ce que tu racontes ?

Juliette, qui chantonnait, sursauta.

– Oh ! Rien. Un genre de comptine… J'essayais de me rappeler les noms…

– J'ai reçu les résultats du DPE pour l'appartement du boulevard Voltaire, lui signala Chloé, qui n'avait pas écouté. C'est toi qui as le dossier ?

Juliette hocha la tête avec un temps de retard. Elle pensait encore à l'homme au livre vert, aux insectes, aux araignées – elle en avait noyé deux ce matin.

– Donne. Je vais les classer, dit-elle.

Elle fit pivoter sa chaise, tira une chemise du rayonnage qui masquait tout un mur du bureau, y glissa les feuilles. Le carton, remarqua-t-elle, était d'un jaune pisseux. On ne pouvait pas faire plus triste. Le mur entier, gondolé, hérissé d'étiquettes qui se décollaient aux coins, semblait prêt à se déverser sur elle telle une avalanche de vase. Juliette ferma les yeux, imagina le clapotement, les bulles de gaz crevant à la surface – l'odeur, et se pinça énergiquement le nez pour réprimer la nausée qui montait.

— Qu'est-ce que tu as ? demanda Chloé.

Juliette haussa les épaules.

— Tu es enceinte ? insista sa collègue.

— Pas du tout. Mais je me demande comment tu fais pour travailler en face de ça… c'est écœurant, cette couleur.

Chloé la fixa, les yeux ronds.

— Écœurant, répéta-t-elle en détachant les syllabes. Tu déconnes, là. J'ai entendu bien des trucs dingues, mais jamais ça. C'est juste des dossiers. Ils sont moches, d'accord, mais… Tu es sûre que tu vas bien ?

Juliette pianotait sur son bureau – rythme saccadé : *L'abeille, le ver à soie, le kermès, la cochenille, l'écrevisse, les cloportes, les cantharides, les sangsues…*

— Très bien, répondit-elle. Tu lis quoi, dans le métro ?

2

Il y avait la vieille dame, l'étudiante en mathématiques, l'ornithologue amateur, le jardinier, l'amoureuse – du moins, Juliette la supposait amoureuse à sa respiration légèrement haletante et aux minuscules larmes qui perlaient à ses cils quand elle arrivait aux trois quarts de la romance qu'elle dévorait, d'épais volumes cornés à force d'avoir été lus et relus. Figurait parfois, sur la couverture, un couple enlacé sur fond rouge sang, ou la dentelle suggestive d'un balconnet. Le torse d'un homme nu, une chute de reins, un drap froissé ou deux boutons de manchettes, sobre ponctuation du titre soulignée par la barre gainée de cuir d'une cravache... et ces larmes qui, aux environs de la page 247 (Juliette avait vérifié en jetant un coup d'œil discret vers sa voisine) gonflaient entre les cils de la jeune fille, puis glissaient avec lenteur vers l'angle de sa mâchoire, tandis que les paupières se fermaient et qu'un soupir involontaire soulevait les seins ronds, moulés dans un petit top très sage.

Pourquoi la page 247 ? se demandait Juliette tout en suivant du regard un parapluie déployé qui filait sur le quai de la station Dupleix, abritant des rafales obliques toute une famille dont elle ne pouvait deviner que les jambes, petites jambes en velours marron, grandes jambes en jean, fines jambes en collant rayé. Que se passait-il, là, quelle émotion soudain surgissait, quelle déchirure, quelle angoisse serrant la gorge, quelle secousse de volupté ou d'abandon ?

Rêveuse, elle tapotait du bout des doigts la couverture de son propre livre, qu'elle n'ouvrait plus très souvent, trop absorbée par ses observations. Le volume format poche à la tranche tachée de café, au dos fendillé, passait de sac en sac, de la grande besace du mardi – jour où Juliette faisait ses courses en sortant de l'agence – à la pochette du vendredi, soir de cinéma. Une carte postale, glissée entre la page 32 et la page 33, n'en avait pas bougé depuis plus d'une semaine. Le paysage qu'elle représentait, un village de montagne se dressant dans le lointain au-dessus d'une mosaïque de champs aux tons brunis, elle l'associait maintenant à la vieille dame, celle qui feuilletait toujours le même recueil de recettes et parfois souriait comme si la description d'un plat lui rappelait une folie de jeunesse ; et parfois refermait le livre, posait dessus sa main sans bague et fixait, par la fenêtre, les péniches remontant la Seine ou les toits lustrés par la pluie. Le texte de quatrième de couverture était en italien, centré au-dessus d'une photo associant deux poivrons de belle taille, un fenouil dodu et un lobe de mozzarella dans lequel un couteau à manche de corne avait laissé un sillon rectiligne.

L'abeille, le ver à soie, le kermès, la cochenille, l'écrevisse, les cloportes, les cantharides, les sangsues... Carciofi, arancia, pomodori, fagiolini, zucchini... Crostata, lombatina di cervo, gamberi al gratin... Des mots-papillons, qui voletaient dans le wagon bondé avant de se poser au bout des doigts de Juliette. Elle trouvait l'image nunuche, mais c'était la seule qui lui venait à l'esprit. Pourquoi des papillons, d'ailleurs ? Pourquoi pas des lucioles, clignotant une poignée de secondes avant de s'éteindre ? Quand avait-elle vu des lucioles ? Jamais, en fait. Il n'y avait plus de lucioles, nulle part – elle le craignait. Seulement des souvenirs. Ceux de sa grand-mère, celle qui avait tricoté son écharpe. Et qui ressemblait à la vieille dame au livre de cuisine, même visage blanc et paisible, mêmes mains un peu fortes, aux doigts courts ornés, elles, d'une seule bague, l'alliance épaisse qui, année après année, avait creusé la chair jusqu'à la marquer irrémédiablement. La peau plissée, tavelée, recouvrait l'anneau, le corps digérait le symbole, se déformait à son contact. « Les lucioles, disait-elle, les lucioles sont des étoiles tombées. J'étais si petite encore que je n'avais pas le droit de veiller, et les soirs d'été étaient si longs ! Pendant deux heures au moins, le jour passait à travers les fentes des persiennes. Il glissait doucement sur le tapis, remontait le long des barreaux de mon lit ; et puis, d'un coup, la boule de cuivre vissée tout en haut se mettait à briller. Je savais que je ratais le plus beau, cet instant où le soleil plonge dans la mer, où elle devient comme du vin, ou comme du sang. Alors je faisais un nœud avec ma chemise de nuit, tu vois ?

Autour de la taille, bien serré. Et je descendais en me tenant à la treille. Un vrai petit singe. Et je courais jusqu'au bout du champ, là où on pouvait voir la mer. Ensuite, quand il faisait bien noir, je me balançais sur la barrière qu'on laissait toujours ouverte, derrière la magnanerie… C'est là que je les ai vues. D'un coup, elles sont arrivées. Ou elles sont sorties de terre. Je ne l'ai jamais su. Silencieuses, en suspension dans l'air, posées sur les brins d'herbe… Je ne bougeais plus, je n'osais même plus respirer. J'étais au milieu des étoiles. »

Le métro ralentissait. Sèvres-Lecourbe. Encore trois stations, ou trois, ça dépendait des jours et de l'humeur de Juliette. Métal vibrant, signal. Soudain, elle se leva et franchit les portes à l'instant où elles se refermaient. Un pan de sa veste resta coincé entre les deux battants, elle le tira d'un coup sec et resta immobile, un peu haletante, sur le quai alors que la rame s'éloignait. Dans le gris matinal, quelques silhouettes filaient vers la sortie, emmitouflées dans de gros manteaux. Un matin de février, qui marchait pour le plaisir d'arpenter les rues en flânant, le nez en l'air, observant la forme des nuages ou, curieux, fouineur, le regard à l'affût d'une nouvelle boutique ou d'un atelier de poterie ? Personne. Les gens allaient de l'espace bien chauffé de leur appartement à celui de leur bureau, buvaient un café, commentaient en bâillant les tâches du jour, les potins, les nouvelles – toujours déprimantes. Entre la station où Juliette descendait chaque jour et la porte de l'agence, il n'y avait qu'une rue à traverser. Une volée de marches, un bout de trottoir puis, à gauche, les vitrines d'un pressing, d'un tabac et d'un kebab. Dans celle du tabac, un arbre de Noël en plastique, encore chargé de guirlandes et de nœuds de papier brillant, commençait à prendre la poussière. Le bonnet rouge à pompon blanc qui le coiffait, en guise d'étoile, pendait comme un linge mouillé.

Elle voulait voir autre chose. Juliette se dirigea vers le plan du quartier affiché en bout de station : en suivant la première rue sur sa droite, puis en tournant encore à droite à la deuxième intersection, elle n'en aurait pas pour plus de dix minutes. Une petite marche la réchaufferait. Elle ne serait même pas en retard – presque pas. De toute façon, Chloé ouvrirait l'agence. Cette fille était d'une ponctualité maladive, et M. Bernard, le gérant, n'arrivait jamais avant neuf heures et demie.

Juliette s'engagea dans la rue d'un pas rapide, puis se força à ralentir. Il fallait qu'elle se débarrasse de cette habitude de foncer droit devant elle, les yeux fixés sur le but à atteindre. Rien de palpitant ne l'attendait, rien : des dossiers à remplir et à ranger, une longue liste de démarches ennuyeuses, une visite ou deux peut-être. Les bons jours. Dire qu'elle avait choisi ce métier pour ça !

Pour le contact humain, comme le précisait l'annonce à laquelle elle avait répondu, le contact humain, oui, approcher les autres et lire dans leurs yeux leurs rêves et leurs désirs, les prévenir même, leur trouver un nid où ces rêves pourraient se déployer, où les peureux reprendraient confiance, où les déprimés souriraient à nouveau à la vie, où les enfants grandiraient à l'abri des vents trop forts qui malmènent et déracinent, où les vieux, les épuisés, attendraient la mort sans angoisse.

Elle se souvenait encore de sa première visite, un couple de trentenaires pressés, elle leur avait proposé un café avant d'entrer dans l'immeuble, j'ai besoin de mieux vous connaître pour cerner vos attentes, avait-elle annoncé avec une assurance qu'elle était bien loin, à cet instant, d'éprouver. Cerner vos attentes, elle trouvait que la formule sonnait bien : elle l'avait lue dans le fascicule remis à chaque employé par la direction de l'agence, mais l'homme l'avait dévisagée, un sourcil haussé, puis il avait tapoté le cadran de sa montre d'un geste significatif. La femme consultait ses messages sur l'écran de son smartphone, elle n'avait même pas levé les yeux, même en montant l'escalier, tandis que Juliette, glacée, récitait la fiche apprise par cœur la veille au soir, pierre de taille et charme du style haussmannien, vous remarquerez le carrelage du hall, restauré en respectant les parties d'origine, calme absolu, vous avez l'ascenseur jusqu'au quatrième étage, et voyez l'épaisseur du tapis sur les marches. Sa voix lui semblait venir de très loin, ridiculement aiguë, une voix de fillette qui joue à la dame, elle avait pitié d'elle-même, et une absurde envie de pleurer lui serrait la gorge. Le couple avait fait le tour de l'appartement, un trois-pièces sur cour, au pas de charge, tandis qu'elle s'essoufflait à les suivre. Les mots s'envolaient, se bousculaient, belle hauteur sous plafond, moulures cheminée de style beaucoup de rangements parquet en pointe de diamant c'est si rare, possibilité de créer une chambre supplémentaire, ou un bureau, en installant une mezzanine… Ils ne l'écoutaient pas, ne se regardaient pas, ne posaient aucune question. Bravement, elle avait tenté de les interroger, jouez-vous du piano, avez-vous des enfants ou… ? Sans réponse, elle avait trébuché sur un rai de lumière qui barrait une lame de parquet poudrée de poussière, sa voix de plus en plus lointaine, si ténue qu'il était impossible que quiconque, désormais, pût l'entendre : appartement traversant, très lumineux, le soleil dès neuf heures du matin dans la cuisine… Ils étaient déjà partis, elle courait pour les rattraper. Dans la rue elle avait tendu sa carte à l'homme, qui l'avait empochée sans y jeter un regard.

Elle savait déjà qu'elle ne les reverrait pas.

Un cri de mouette ramena Juliette à la réalité. Elle s'immobilisa et leva les yeux. L'oiseau, les ailes déployées, décrivait des cercles au-dessus de sa tête. Un nuage bas glissa sous lui, son bec, son corps disparurent ; ne restèrent que les pointes des ailes et ce cri qui résonnait entre les hauts murs. Il s'éteignit brusquement. Une rafale de vent fouetta le visage de la jeune femme, qui tangua. Dégrisée, elle regarda autour d'elle. La rue était morne, vide, bordée d'immeubles dont le crépi, strié de longues coulées d'humidité, s'écaillait. Qu'était-elle venue chercher là ? Elle frissonna, enfouit son nez dans sa grosse écharpe, et se remit à marcher.

– Zaïde !

L'appel semblait tomber de très haut, mais la fillette qui courait vers elle l'ignora ; souple et vive,

elle plongea entre les jambes de Juliette et une pou-
belle renversée qui dégorgeait les plastiques destinés au recyclage, rassembla ses membres fluets et
se remit à sautiller sur la chaussée glissante. Juliette
se retourna pour la voir s'éloigner, jupe tournoyante,
petit pull vert pré, deux nattes dansantes… et son
regard tomba sur une haute porte de métal rouillé,
qu'un livre – un *livre* – maintenait entrouverte.

Sur la porte, une plaque de métal émaillé, tout
droit sortie d'un film sur les années de guerre, se dit-
elle, annonçait en hautes lettres bleues : *Livres sans
Limites*.

3

Juliette fit trois pas encore, tendit le bras, frôla les feuilles gondolées par l'humidité. De la pointe de la langue, elle humecta sa lèvre supérieure. Voir un livre coincé entre deux panneaux de métal lui faisait presque plus mal que de noyer une araignée. Doucement, elle appuya son épaule sur l'un des battants et poussa ; le volume glissa un peu plus bas. Elle le rattrapa et, toujours calée contre le portail, l'ouvrit et l'approcha de son visage.

Elle avait toujours aimé sentir les livres, les renifler, surtout quand elle les achetait d'occasion – les livres neufs avaient eux aussi des odeurs différentes suivant le papier et la colle utilisés, mais ils restaient muets sur les mains qui les avaient tenus, sur les maisons qui les avaient abrités ; ils n'avaient pas encore d'histoire, une histoire bien différente de celle qu'ils racontaient, une histoire parallèle, diffuse, secrète. Certains sentaient le moisi, d'autres gardaient entre leurs pages des relents tenaces de curry, de thé, ou des pétales desséchés ; des taches de beurre salissaient parfois la tourne, une herbe longue, qui avait joué le rôle d'un marque-page tout un après-midi d'été, tombait en poussière ; des phrases soulignées ou des notes en marge reconstituaient, en pointillé, une sorte de journal intime, une esquisse de biographie, parfois le témoignage d'une indignation, d'une rupture.

Celui-là sentait la rue – un mélange de rouille et de fumée, de guano, de pneus brûlés. Mais aussi, étonnamment, la menthe. Des tiges se détachèrent de la pliure, tombèrent sans bruit, et le parfum se fit plus intense.

– Zaïde !

De nouveau l'appel, un bruit de galopade ; Juliette sentit un petit corps tiède heurter le sien.

– Pardon, madame.

La voix, étonnamment grave pour une enfant, exprimait l'étonnement. Juliette baissa les yeux et rencontra un regard brun, si sombre que la pupille semblait s'être élargie aux dimensions de l'iris.

– C'est chez moi, là, dit la petite. Je peux passer ?

Juliette murmura :

– Bien sûr.

Gauchement, elle fit un pas de côté, et le lourd battant commença à se refermer. La petite fille le poussa des deux mains.

– C'est pour ça que papa laisse toujours un livre là, expliqua-t-elle d'un ton patient. La poignée est trop dure pour moi.

– Mais pourquoi un livre ?

La question avait jailli comme un reproche. Juliette se sentit rougir, ce qui ne lui était pas arrivé

depuis longtemps – surtout pas devant une mau-
viette de dix ans.

Zaïde – quel joli nom – haussa les épaules.

– Oh, ceux-là ! Il dit que ce sont des « coucous ».
C'est drôle, non ? Comme les oiseaux. Ils ont trois
ou quatre fois les mêmes pages à la suite, ils n'ont
pas été bien faits, tu comprends ? On ne peut pas les
lire. Enfin, pas vraiment. Fais voir celui-là ?

L'enfant tendit le cou, ferma les yeux, renifla.

– Je l'ai essayé. L'histoire est idiote, c'est une
fille qui rencontre un garçon, elle le déteste et ensuite
elle l'aime, mais après c'est lui qui la déteste et... Je
m'ennuyais tellement que j'ai mis des feuilles de
menthe dedans, pour qu'au moins il sente bon.

– C'était une bonne idée, dit doucement Juliette.

– Tu veux entrer ? Est-ce que tu fais partie des
passeurs ? Je ne t'ai jamais vue.

Des *passeurs* ? La jeune femme secoua la tête. Ce
nom lui évoquait, lui aussi, les images d'un film en
noir et blanc, silhouettes indistinctes courant cour-
bées dans des tunnels ou rampant sous des barbelés,
jeunes filles à vélo transportant des tracts de la
Résistance dans leur sacoche et souriant, avec une
feinte candeur, à un soldat allemand coiffé d'une
sorte de saladier vert-de-gris. Des images vues cent
fois au cinéma ou à la télé, si familières, si lisses
qu'on oubliait parfois l'horreur qu'elles recou-
vraient.

– Tu veux en être, alors ? continuait Zaïde. C'est
facile. Viens, on va voir mon père.

À nouveau, Juliette esquissa un geste de dénégation. Puis son regard, quittant le visage de la petite

fille, revint se poser sur la plaque à l'intitulé mystérieux – simple pourtant, les livres ne connaissaient
ni limites ni frontières, sauf parfois celles de la
langue, c'était évident – pourquoi alors… ?

Elle sentait ses pensées lui échapper, devinait
pourtant que l'heure tournait, qu'il fallait partir, sortir de cette rue, retrouver au plus tôt l'éclairage au
néon de son bureau à l'arrière de l'agence, l'odeur
de poussière des dossiers « biens » et des dossiers
« clients », le bavardage sans fin de Chloé et la toux
de M. Bernard, grasse ou sèche selon la saison, la
quatrième visite des retraités qui ne parvenaient pas
à se décider entre le pavillon de Milly-la-Forêt et le
deux-pièces de la porte d'Italie.

– Viens, répéta Zaïde d'un ton décidé.

Elle prit Juliette par la main et la tira à l'intérieur
de la cour, puis elle replaça avec soin le livre dans
l'entrebâillement.

– C'est le bureau, là-bas au fond, avec la porte
vitrée. Tu n'as qu'à frapper. Moi, je monte.

– Tu ne vas pas à l'école ? demanda machinalement Juliette.

– Il y a un cas de varicelle dans ma classe, répondit l'enfant avec importance. On a tous été renvoyés
chez nous, j'ai même un mot pour mon père. Tu ne
me crois pas ?

Son petit visage rond s'était plissé dans une gri-
mace inquiète. Un bout de langue pointait entre
ses lèvres, aussi rose et lisse qu'une fleur de pâte
d'amandes.

– Bien sûr que si.

– Ça va, alors. C'est que vous êtes si méfiants, tous, conclut-elle en haussant les épaules.

D'un bond, elle fit volte-face, et ses nattes, à nouveau, sautèrent sur ses épaules. Ses cheveux étaient épais, bruns, avec des reflets de miel là où la lumière les lissait de son éclat dur ; chacune des nattes était aussi grosse que son poignet délicat.

Tandis qu'elle escaladait en courant les marches d'un escalier métallique qui menait à une longue coursive longeant tout le premier étage du bâtiment – sans doute une ancienne fabrique –, Juliette se dirigea d'un pas incertain vers la porte indiquée. Elle ne savait pas très bien pourquoi elle avait suivi la petite fille, et obéissait à présent à son ordre – à y bien réfléchir, c'était un ordre. Ou un conseil ? En tout cas, il était totalement déraisonnable de s'y plier : elle était déjà en retard, elle le savait sans même avoir besoin de consulter sa montre. Une très fine bruine se mêlait à présent à l'air et la giflait avec douceur, la poussant à rechercher la chaleur, un abri temporaire… Après tout, elle n'avait rien d'urgent à faire ce matin… Elle pourrait toujours prétexter une panne de sa machine à laver, qui donnait depuis des mois des signes de faiblesse. Elle en avait longuement parlé avec M. Bernard, qui avait tenu à la renseigner sur les différents modèles, il insistait sur les marques allemandes, tellement plus fiables, prétendait-il, et se proposait même de l'accompagner, le samedi, dans un magasin qu'il connaissait, dont il connaissait le gérant du moins, un cousin éloigné, un homme honnête, qui la conseillerait bien.

La vitre de la porte miroitait, reflétant une portion de ciel – mais au fond de la pièce une lampe était allumée.

Juliette leva la main et frappa.

4

– C'est ouvert !

Une voix d'homme. Voilée, un peu rauque même, teintée d'un accent indéfinissable. Au fond de la pièce, une longue forme se déplia. Juliette, poussant la porte, vit un échafaudage de cartons, dont les derniers étaient posés un peu de travers, osciller. « Attention ! » ne put-elle s'empêcher de crier, trop tard : les cartons s'écroulèrent, soulevant un nuage poudreux. La jeune femme se mit à tousser et couvrit sa bouche et son nez de sa main ; elle entendit un juron qu'elle ne comprit pas, vit, ou plutôt devina, un mouvement – l'homme était tombé à genoux, il était brun, vêtu de noir, assez maigre –, frotta, de son autre main, ses yeux qui larmoyaient…

– C'est pas vrai ! J'avais tout classé… Vous m'aidez ?

Le ton, cette fois, était impératif. Incapable de parler, Juliette hocha la tête et avança, au jugé, vers la lumière, la voix venait de là, l'homme était donc seul, il agitait les bras, ses poignets osseux sortaient de ses manches trop courtes, et, maintenant que la poussière était un peu retombée, elle voyait son profil, net, presque aigu, son nez droit comme celui de certaines statues grecques, ou des guerriers que l'on voyait sur les fresques de Cnossos –, elle avait passé deux semaines en Crète l'été précédent et elle les voyait souvent, depuis, dans ses rêves, brandissant des javelines et courant vers un assaut certain, leurs longs yeux obliques emplis d'un rêve d'immortalité glorieuse.

– Bien sûr, murmura-t-elle enfin, sans être certaine qu'il l'avait entendue.

Il brassait les volumes tombés, multipliant les gestes inutiles, tel un nageur maladroit. Les livres montaient à l'assaut de ses cuisses, se chevauchaient, les couvertures glissant les unes sur les autres, se déployaient en éventail, s'ouvraient, elle croyait entendre, soudain, le fredon des ailes d'une mésange s'envolant d'un buisson.

Quand elle fut juste devant lui, il leva les yeux, lui livrant son désarroi avec la simplicité d'un enfant.

– Je ne sais plus comment je les avais rangés. Par thème et par pays, peut-être. Ou par genre.

Il ajouta, comme pour s'excuser :

– Je suis très distrait. Ma fille me le reproche toujours. Elle dit qu'un oiseau a emporté ma tête, il y a longtemps.

– La petite Zaïde ? interrogea Juliette, déjà accroupie, les mains dans les feuilles. C'est votre fille ?

Sous ses yeux s'étalait une série presque complète de romans de Zola, *La Fortune des Rougon*, *La Curée*, *La Faute de l'abbé Mouret*, *Une page d'amour*, *Pot-Bouille*, *Nana*, *L'Œuvre*… Elle les rassembla, dressa une pile bien nette sur le plancher, en bordure de la marée de volumes.

– Vous l'avez rencontrée ?

– C'est elle qui m'a proposé d'entrer, oui.

– Je devrais lui dire de faire plus attention.

– J'ai l'air si dangereuse ?

Sous les Zola, un visage d'homme, barré d'une fine moustache, la fixait avec insolence. Elle déchiffra le titre : *Bel-Ami*.

– Maupassant, dit-elle. Et là, Daudet. Des romans naturalistes. Vous aviez peut-être essayé de les trier par genre littéraire…

Il ne l'écoutait pas.

– Non, vous n'avez pas l'air dangereuse, admit-il après un instant de réflexion. Vous êtes libraire ? Ou professeur ? Bibliothécaire, peut-être ?

– Pas du tout, je… je travaille dans l'immobilier. Mais mon grand-père était libraire. J'adorais sa boutique, quand j'étais enfant. J'adorais l'aider. J'adorais l'odeur des livres…

L'odeur des livres… Elle la saisissait avant même d'entrer dans la librairie, dès qu'elle apercevait l'étroite vitrine où le libraire n'exposait jamais plus d'un volume à la fois ; en général, un livre d'art, ouvert sur un lutrin, et dont il tournait, chaque jour, une page. Il y avait des gens qui s'arrêtaient, elle s'en souvenait, pour regarder l'image du jour, un petit Ruisdael, un portrait de Greuze, une marine de Nicolas Ozanne…

Pour la petite fille, et plus tard pour l'adolescente, c'était le palais des Mille et Une Nuits, le refuge des mercredis après-midi pluvieux, qu'elle passait à ranger les nouveaux venus sur les étagères ou à lire dans la réserve. Bibliophile passionné, toujours en quête d'éditions rares, son grand-père achetait des bibliothèques entières de livres d'occasion, dont la majeure partie s'entassait dans de hautes caisses disposées à droite de la porte. En fouillant dans ces trésors, Juliette avait découvert non seulement les classiques de la littérature enfantine, mais aussi des ouvrages d'auteurs un peu oubliés, Charles Morgan, Daphné Du Maurier, Barbey d'Aurevilly, et toute une kyrielle de romancières anglaises, dont Rosamond Lehmann. Elle avalait les romans d'Agatha Christie comme des bonbons...

Comme c'était bon !

La voix de l'homme en noir la ramena brutalement à l'instant présent.

– Tenez, prenez ceux-là. Je me souviens à présent que je ne savais pas où les ranger. Cela veut dire, je suppose, qu'ils sont prêts à partir.

Juliette, par réflexe, ouvrit les mains pour recevoir la pile de livres qu'il lui tendait, puis répéta, étonnée :

– Prêts à partir ?

– Oui. C'est bien pour ça que vous êtes ici ? Vous voulez faire partie des passeurs ? Normalement, j'aurais dû vous poser des questions avant. J'avais préparé une liste, par là – il désignait, d'un geste vague, le bureau couvert de paperasses et de journaux découpés –, mais je ne la trouve jamais quand j'en ai besoin. Je peux quand même vous offrir un café.

– Je… Non, merci, je dois…

– Il faut quand même que je vous explique… la manière dont nous fonctionnons… nous, je veux dire eux, parce que moi… Enfin, c'est un peu compliqué. Je ne sors pas.

Il se leva, prenant appui sur ses mains avec souplesse, enjamba les cartons et se dirigea vers le fond de la pièce, où une petite table supportait une sorte d'échafaudage de métal ouvragé, ainsi que des tasses et une boîte portant l'inscription désuète *Biscuits Lefèvre-Utile*.

– C'est une cafetière de mon invention, expliqua-t-il, le dos tourné. Elle fonctionne plus ou moins suivant le principe du poêle à pellets… Vous voyez ce que je veux dire ?

– Pas très bien, murmura Juliette qui se sentait basculer dans l'irréalité.

Elle était en retard. Très en retard, maintenant. Chloé devait l'avoir déjà appelée sur son portable – éteint – pour savoir si elle était malade, M. Bertrand avait déjà passé la porte de son bureau vitré, à gauche en entrant dans l'agence, il avait ôté son manteau et l'avait suspendu dans la penderie en vérifiant que les épaules étaient bien posées d'aplomb sur le cintre au crochet duquel pendait un disque de bois de cèdre, contre les mites. Il avait, lui aussi, enclenché sa cafetière personnelle, déposé deux sucres dans sa tasse de porcelaine de Limoges bordée de deux minces filets d'or, l'unique rescapée, lui avait-il confié une fois, du service de sa mère, une

34

femme charmante mais étourdie, elle avait cassé toutes les autres, en jetant même une à la tête de son père quand elle avait découvert qu'il la trompait avec sa secrétaire, grand classique du genre. Le téléphone avait déjà sonné – une fois, ou deux. Chloé avait pris les appels. Quelle heure était-il ? Juliette jeta un coup d'œil anxieux à la fenêtre (pourquoi la fenêtre ?), puis huma le parfum du café et oublia sa culpabilité. L'homme maniait la manivelle du moulin de bois avec énergie. Il chantonnait, comme s'il avait oublié sa présence. Elle sentit, plus qu'elle n'entendit, la mélodie s'enrouler autour d'elle, fugace, avant de s'évanouir.

– Je m'appelle Soliman, dit-il en se retournant vers elle. Et vous ?

5

– Mon père adorait Mozart, dit-il un peu plus tard alors qu'ils buvaient, lentement, un café noir et épais, presque liquoreux. Il nous a donné, à ma sœur et à moi, les noms de personnages de l'opéra *Zaïde*. Ma fille porte aussi ce prénom.

– Et votre mère ? Elle était d'accord ?

Juliette, consciente de sa bévue, rougit et reposa sa tasse.

– Désolée. Parfois, je dis tout ce qui me passe par la tête. Cela ne me regarde pas.

– Il n'y a pas de mal, répliqua-t-il avec un sourire à peine esquissé qui adoucissait ses traits aigus. Ma mère est morte très jeune. Et, depuis longtemps, elle n'était plus tout à fait avec nous. Absente… d'une certaine manière.

Sans donner plus d'explications, il laissa son regard errer sur les cartons qui s'empilaient le long des cloisons, régulièrement alignés, presque imbriqués – un mur doublant le mur d'origine, isolant la petite pièce de la lumière et des bruits du dehors.

– Vous connaissez le principe des livres voyageurs, reprit-il après quelques secondes de silence.
C'est un Américain, Ron Hornbaker, qui a créé,
ou plutôt systématisé le concept en 2001. Faire du
monde une bibliothèque… une belle idée, non ?
On dépose un livre dans un lieu public, gare, banc
de square, cinéma, quelqu'un l'emporte, le lit, puis
le lâche à son tour, quelques jours ou quelques
semaines plus tard, ailleurs.

Il joignit ses mains sous son menton, en un tri-
angle presque parfait.

– Encore fallait-il pouvoir suivre la trace des
livres « libérés », reconstituer leur itinéraire et per-
mettre aux lecteurs de partager leurs impressions.
D'où le site Internet associé au mouvement, sur
lequel chaque livre est enregistré. Il se voit alors
attribuer un identifiant qui doit être signalé de
manière lisible sur la couverture, avec l'url du site.
Celui qui trouve un livre voyageur peut alors signa-
ler la date et le lieu de sa trouvaille, émettre un avis
ou une critique…

– C'est ce que vous faites ? le coupa Juliette.

– Pas exactement.

Il se leva, se dirigea vers les piles reconstituées,
tant bien que mal, par Juliette. Sur chacune d'entre
elles, il prit un volume.

– Voilà. Nous avons un assortiment, assez
aléatoire, de lectures possibles. *Guerre et Paix*
de Tolstoï. *La Tristesse des anges* de Jon Kalman
Stefansson. *Suite française* d'Irène Némirovsky.
Le Combat d'hiver de Jean-Claude Mourlevat.
Rien ne s'oppose à la nuit de Delphine de Vigan.

Lancelot, le Chevalier à la charrette de Chrétien de Troyes. Le prochain passeur à entrer dans cette pièce sera responsable de la transmission de tous ces livres.

– Responsable ? souligna Juliette.

– Il ne les lâchera pas dans la nature ou dans un train. Il ne s'en remettra pas au hasard, si vous préférez, pour qu'ils trouvent leurs lecteurs.

– Mais comment…

– Il devra leur *choisir* un lecteur. Ou une lectrice. Quelqu'un qu'il aura observé, voire suivi, jusqu'à acquérir l'intuition du livre dont cette personne a *besoin*. Ne vous y trompez pas, c'est un véritable travail. On n'attribue pas un livre par défi, par caprice, par volonté de bouleverser ou de provoquer, sauf sans raison. Mes meilleurs passeurs sont doués d'une grande faculté d'empathie : ils sentent, au plus profond d'eux-mêmes, quelles frustrations, quelles rancœurs s'amassent au creux d'un corps que rien, en apparence, ne différencie d'un autre. Enfin, je devrais dire *mon* meilleur passeur : l'autre nous a quittés il y a peu, malheureusement.

Il posa les livres et se tourna pour saisir entre deux doigts, délicatement, une photo agrandie au format A4.

– Je voulais l'afficher au mur de ce bureau. Mais cela ne lui aurait pas plu. C'était une femme discrète, silencieuse, secrète même. Je n'ai jamais su exactement d'où elle venait. Pas plus que je n'ai su pourquoi elle avait décidé d'en finir avec la vie.

Juliette sentit sa gorge se nouer. Les murs de livres parurent se rapprocher d'elle, compacts, menaçants.

– Vous voulez dire qu'elle… ?

– Oui. Elle s'est suicidée il y a deux jours.

Il poussa la photo vers Juliette, sur la table. C'était un cliché en noir et blanc, un peu granuleux, aux détails estompés par la distance et par la mauvaise qualité du tirage ; mais la jeune femme reconnut aussitôt la femme au corps épais, engoncé dans un manteau d'hiver, qui se montrait de trois quarts à l'objectif.

C'était la femme au livre de cuisine, celle de la ligne 6 – celle qui, si souvent, regardait au-dehors avec un mystérieux sourire d'attente.

– Je suis vraiment désolé… Quel idiot je fais !

C'était la quatrième ou la cinquième fois que Soliman répétait cette phrase. Il avait apporté à Juliette une boîte de mouchoirs, une autre tasse de café, une assiette – pas très propre – sur laquelle il avait renversé le contenu de la boîte de biscuits.

– Vous la connaissiez ?

– Oui, parvint-elle enfin à répondre. Enfin, non. Elle prenait la même ligne de métro que moi, le matin. C'est vrai que je ne l'ai pas vue hier, ni avant-hier. J'aurais dû deviner… J'aurais dû faire quelque chose pour elle…

Il passa derrière elle et lui frictionna les épaules avec maladresse. Étonnamment, sa poigne bourrue la réconforta.

– Bien sûr que non. Vous n'auriez rien pu faire. Écoutez, je suis désolé, vraiment désolé…

Juliette se mit à rire nerveusement.

– Arrêtez de répéter ça.

Elle se redressa, battant des paupières pour chasser ses larmes. La petite pièce semblait s'être encore rétrécie, comme si les murs de livres avaient avancé d'un pas vers l'intérieur. C'était impossible, bien entendu. Tout comme était impossible cette courbure qu'il lui semblait discerner au-dessus de sa tête – les volumes de la dernière rangée se penchaient-ils vraiment vers elle, leurs dos cartonnés prêts à chuchoter des paroles de consolation ?

Juliette secoua la tête, se leva, brossa sa jupe où s'étaient amassées des miettes de biscuits. Elle les avait trouvés mous, d'un goût étrange ; trop de cannelle, probablement. Lui n'avait rien mangé. Les volutes de vapeur qui s'élevaient encore de la cafetière – qui émettait, à intervalles réguliers, un léger cliquetis – tendaient, devant son visage, un voile mouvant qui estompait ses traits. Elle l'avait dévisagé discrètement, levant les yeux pour les détourner dès qu'elle rencontrait les siens. Qu'il se lève et passe derrière elle l'avait soulagée. Elle n'avait jamais vu, lui semblait-elle, de sourcils si noirs, de regard si triste, bien qu'un sourire perpétuel adoucît le dessin ferme de ses lèvres. C'était un visage qui évoquait, tout à la fois, la tempête, la victoire, le déclin. Quel âge pouvait-il avoir ?

– Je dois vraiment partir, dit-elle, plus pour se persuader elle-même que pour le prévenir.

– Mais vous reviendrez.

Ce n'était pas une question. Il lui tendit le paquet de livres, qu'il avait ceinturé d'une courroie de toile. Comme autrefois, pensa-t-elle, les manuels scolaires que les écoliers jetaient sur leur dos, fardeau battant et rigide. Elle n'était pas étonnée ; elle ne l'aurait pas imaginé utilisant un sac en plastique.

– Oui. Je reviendrai.

Calant les volumes sous son bras, elle lui tourna le dos pour se diriger vers la porte. La main sur la poignée, elle s'immobilisa.

– Il vous arrive de lire des romances ? interrogea-t-elle sans se retourner.

– Je vais vous surprendre, répondit-il. Oui. Parfois.

– Que se passe-t-il à la page 247 ?

Un temps s'écoula : il semblait réfléchir à sa question. Ou peut-être poursuivre un souvenir. Puis il dit :

– À la page 247, tout semble perdu. C'est le meilleur moment, vous savez.

6

Debout dans le wagon bondé, Juliette sentait le sac de toile qu'elle portait en bandoulière meurtrir son flanc, juste entre les côtes et sa hanche gauche. Les livres, se dit-elle, tentaient de pénétrer en elle de leurs angles multiples, chacun poussant pour être le premier, petites bêtes captives et obstinées, et, ce matin, presque hostiles.

Elle savait pourquoi. En rentrant chez elle, la veille – elle avait fini par téléphoner à l'agence pour dire qu'elle ne se sentait pas très bien, non, non, rien de grave, un truc qui n'était pas passé, une journée de repos la remettrait –, elle les avait fourrés sans cérémonie dans la grande besace du vendredi, celle des courses, avait tiré la fermeture à glissière, puis posé le sac devant la porte d'entrée, avec son parapluie dessus, car la météo de la semaine s'annonçait tristounette. Puis elle avait allumé la télé, mis le son très fort et mangé des lasagnes surgelées, réchauffées au micro-ondes, en regardant un documentaire consacré aux fous de Bassan, puis un autre dédié à une star déchue du rock, elle avait besoin que les bruits du monde se glissent entre elle et l'entrepôt bourré de livres, entre elle et l'heure qu'elle venait de vivre dans la pièce minuscule, non, pas minuscule mais envahie, ce bureau où l'espace encore vacant semblait avoir été bâti de l'intérieur par chaque volume rangé sur une étagère ou empilé entre les pieds d'une table, contre un fauteuil ou sur les clayettes d'un réfrigérateur ouvert et tiède.

Ce qu'elle en avait rapporté, de cette pièce, elle l'avait soustrait à sa vue, à ses sens, sinon à sa mémoire ; la bouche pleine de la saveur presque sucrée de la bolognaise industrielle, les tympans saturés de musique, d'exclamations, d'appels d'oiseaux, de confidences, d'analyses, de bavardage, elle reprenait pied dans le familier, le banal, le pas trop mauvais, le presque supportable, la vie, quoi, la seule vie qu'elle connaissait.

Et, ce matin, les livres lui en voulaient de les avoir ignorés.

C'était une idée idiote.

– Dites donc, grommela son voisin, un petit homme boudiné dans une parka camouflage, c'est dur, votre truc, là. Qu'est-ce que vous trimbalez dans ce sac ?

Le regard à la hauteur de son crâne, où une calvitie rose et luisante apparaissait entre des mèches couvertes de gel coiffant, elle répondit machinalement :

– Des livres.

– À votre âge ? Je rêve. Notez que je ne critique pas, c'est bien, de lire, mais feriez mieux de…

Juliette n'entendit pas la fin de la phrase, la rame venait de s'immobiliser dans une secousse, les portes s'ouvraient, le grincheux, emporté par la masse des corps en mouvement, disparaissait déjà. Une femme grande et maigre, en imperméable froissé, le remplaça. Elle ne se plaignit pas, oscilla, tout le temps du trajet, contre les volumes, qui semblaient s'être disposés d'eux-mêmes pour offrir un maximum de pointes au moindre contact. Juliette souffrait pour elle et se plaquait contre la mince cloison vibrante, mais rien, sur le visage qu'elle apercevait de profil, ne trahissait la moindre gêne ; seulement une lassitude pesante, épaisse comme une carapace durablement incrustée et épaissie par le temps.

Enfin, elle arriva à sa station, se faufila entre le flux des voyageurs qui montaient les escaliers et ceux qui les descendaient, trébucha en reprenant pied sur le trottoir, chercha du regard la vitrine de l'agence, les rectangles blancs, bordés d'orange vif, des annonces mises en montre, courut jusqu'à la porte.

Elle était la première. Aussi put-elle larguer le sac sous sa veste, dans l'armoire métallique où les deux employées rangeaient leurs affaires personnelles. Puis elle referma la porte avec une violence inutile et s'installa derrière son bureau, où l'attendaient une pile de dossiers incomplets et un post-it couvert de l'écriture désordonnée de Chloé :

T plus malade ? Suis en visite now, vais direct à l'appart moche rue G. Bisous !

« L'appart moche rue G », cela voulait dire une longue, très longue visite. De ce cinquante mètres carrés où presque tout l'espace était dévoré par un couloir et une salle de bains inutilement vaste qui contenait une baignoire à pattes de lion dévorées par la rouille, Chloé avait fait son défi personnel. Juliette l'avait écoutée, quelques jours plus tôt, élaborer son plan de bataille, énumérant avec enthousiasme les avantages d'une baignoire en plein Paris.

– Si c'est un couple, ça réveillera leur libido. Il faut qu'ils s'imaginent tous les deux là-dedans, avec plein de mousse et de l'huile parfumée pour se masser les pieds.

– Et la rouille ? Et le lino craquelé ? Je ne trouve pas ça très glamour, avait objecté Juliette.

– Je vais emporter là-bas le vieux tapis chinois de ma grand-mère, il est à la cave, maman ne verra même pas qu'il n'y est plus. Et une plante verte. Ils se croiront dans un jardin d'hiver, tu vois, comme dans ce bouquin que tu m'as passé… C'était chiant et long, je n'ai pas pu le finir, mais il y avait ce truc chouette, plein de fleurs, avec des fauteuils en osier…

Oui, Juliette voyait. Le livre, c'était *La Curée* de Zola, que Chloé lui avait rendu avec ce commentaire : « Ils en font, des histoires pour rien ! » Elle avait quand même, apparemment, apprécié la séduction mortifère de la scène où, dans la serre, Renée Saccard s'offrait à son jeune beau-fils, dans les parfums entêtants des fleurs rares réunies là pour témoigner de la fortune et du bon goût de son mari.

– Tu aurais dû venir à la formation de *home staging*, avait poursuivi Chloé, condescendante. C'était super intéressant. Tu comprends, il faut mettre de la vie dans les apparts... la vie que les gens ont envie d'avoir. Il faut qu'ils se disent en entrant : « Si j'habite là, je deviendrai plus fort, plus important, plus populaire. J'obtiendrai cette promotion que je veux depuis deux ans et que je n'ose pas demander parce que j'ai la trouille de me prendre la porte dans la figure, je gagnerai cinq cents euros de plus, j'inviterai la fille du service pub à sortir et elle dira oui. »

– Tu leur vends de l'illusion...

– Non, du rêve. Et je les aide à se projeter dans un avenir meilleur, avait conclu Chloé d'un ton sentencieux.

– Arrête de réciter ton cours ! s'était exclamée Juliette. Tu y crois vraiment ?

Chloé, hargneuse, avait dévisagé sa collègue.

– Bien sûr. Tant que je touche mon bonus. Ce que tu peux être déprimante...

Le téléphone sonna. C'était Chloé :

– Apporte-moi un livre. Tu en as plein dans le tiroir de ton bureau. Je les ai vus, lança-t-elle, accusatrice.

– Quel genre de livre ? interrogea Juliette, un peu décontenancée. Et pourquoi tu...

– N'importe lequel. C'est pour la petite table que je vais pousser à côté de la baignoire. Comme ça, on verra moins la rouille, je mettrai aussi une lampe, genre vintage, avec une frange de perles, il y a des filles qui adorent lire dans leur bain, il paraît. Tu vois tout de suite l'ambiance.

46

– Je croyais que tu voulais suggérer des ébats érotiques dans la baignoire ?

– Son mec ne sera pas toujours là. Et puis, de temps en temps, c'est bon de souffler.

– Si c'est toi qui le dis, je te crois, répliqua Juliette, amusée.

Chloé collectionnait les amants d'un soir, pleurait chaque week-end de célibat comme une tragédie, et n'aurait certainement jamais eu l'idée d'inviter Proust ou Faulkner à la rejoindre dans son bain de mousse.

– Je vais voir ce que je peux faire, dit-elle avant de raccrocher.

Chloé avait vu juste : le dernier tiroir du bureau de Juliette, le plus profond – peu pratique, de ce fait, pour y conserver en ordre des dossiers –, était bourré de livres de poche, vestiges de quatre ans de trajets maison-boulot, livres entre les pages desquels elle avait glissé, au hasard de ses lectures interrompues, des tickets de cinéma ou de pressing, le *flyer* d'un pizzaïolo, des programmes de concert, des pages arrachées d'un carnet où elle avait griffonné des listes de courses ou des numéros de téléphone.

Quand elle tira sur la poignée de métal, le lourd casier s'ébranla sur ses rails avec un grincement, puis s'immobilisa brusquement, tandis qu'une demi-douzaine de volumes tombaient sur le sol. Juliette les ramassa et se redressa pour les poser à côté de son clavier d'ordinateur. Inutile de fouiller le tiroir, le premier titre venu ferait l'affaire. « Titre » était le mot juste : Chloé, de toute manière, ne lirait que cela.

Le titre. Oui. C'était important. Lisait-on dans son bain *La Démangeaison* de Lorette Nobécourt, un livre dont sa peau se souvenait encore, un fourmillement sournois, rien qu'à le tenir en main, partait de son omoplate gauche, remontait jusqu'à l'épaule, et voilà, elle se grattait, se griffait même, non, ce n'était pas une bonne idée. Pourtant, ce roman, elle n'avait pu le lâcher une fois commencé, mais justement, l'eau du bain risquait de refroidir, il fallait de la douceur, quelque chose de rassurant, d'enveloppant. Et du mystère. Des nouvelles ? Maupassant, *Le Horla*, le journal inachevé d'une folie menant au suicide ? Juliette imaginait la lectrice, immergée dans la mousse jusqu'aux épaules, levant la tête, scrutant avec anxiété l'ombre du couloir par la porte restée entrouverte... De cette obscurité jailliraient alors les spectres et les terreurs enfantines si soigneusement refoulées depuis des années, avec leur cortège d'angoisses... La jeune femme se dresserait, affolée, dans l'eau de son bain, enjamberait la baignoire, glisserait sur le savon, comme Lady Cora Crawley dans *Downton Abbey*, se briserait peut-être la nuque en tombant...

Non.

Elle écarta, à regret, le recueil de nouvelles, le premier tome de *La Recherche du temps perdu*, plusieurs polars aux couvertures par trop défraîchies, un essai sur la souffrance au travail, une biographie de Staline (pourquoi avait-elle acheté ça ?), un manuel de conversation français-espagnol, deux épais romans russes composés en corps 10 et interlignage simple (illisible), et soupira. Le choix n'était pas si facile.

Il ne lui restait plus qu'à vider le tiroir. Elle trouverait bien quelque chose. Un livre inoffensif, incapable de déclencher la moindre catastrophe.

À moins que...

Juliette, du plat de la main, repoussa les livres qui tombèrent pêle-mêle dans ce qui, il fallait bien l'avouer, ressemblait à un tombeau. Puis elle referma le tiroir. C'était triste ; elle le sentait, mais ne voulait pas s'attarder, pour le moment, à cette émotion diffuse et désagréable.

Elle avait une mission à remplir.

Elle se releva, contourna le bureau et ouvrit le placard.

Le sac était toujours là. Pourquoi avait-elle songé, une brève seconde, qu'il pourrait avoir disparu ?

Elle se pencha, le souleva et, instinctivement, le serra contre elle.

Le coin d'un livre tenta de s'insérer entre ses côtes.

Ce serait celui-là, songea-t-elle alors, avec une certitude jamais éprouvée.

7

C'était le premier, son premier en tant que passeur, songeait Juliette en tâtant, à travers la toile épaisse de sa besace, le volume choisi – mais l'avait-elle choisi ? Elle enfreignait déjà les règles : elle ne connaissait même pas le titre de l'ouvrage, ne savait pas quelle main le prendrait pour le retourner et en lire, peut-être, la quatrième de couverture, elle n'avait pas suivi ni étudié sa cible, n'avait pas médité le moment de la rencontre, ni appareillé, avec le soin que Soliman prétendait indispensable, le livre et son lecteur ou sa lectrice.

Une lectrice. Ce serait une lectrice, forcément. Les hommes ne lisent pas dans leur bain. D'ailleurs, les hommes ne prennent pas de bain, ils sont toujours pressés, et le seul moyen de les faire tenir tranquilles, c'est de les poser sur un canapé devant une demi-finale de Ligue des champions. C'est du moins ce que Juliette avait déduit du comportement de ses trois précédents petits amis.

– Je sais, dit-elle à voix haute. Je généralise. C'est pour ça que je me plante à chaque fois.

Là encore, elle généralisait. Mais il lui fallait bien admettre qu'elle avait tendance à tirer des conclusions hâtives, la plupart du temps optimistes, du moindre détail qui lui plaisait : les petites lunettes cerclées d'acier de celui-ci, les mains de celui-là, tendues en coupe pour y recevoir un chiot ou un bébé, et la mèche de cheveux de ce troisième, qui tombait sans cesse sur son front, voilant son regard très bleu… Dans ces minuscules particularités, elle croyait lire l'intelligence, la tendresse, l'humour, la solidité ou une fantaisie dont elle se croyait, elle-même, dépourvue.

Elle plongea la main dans le sac, les sourcils froncés, tout en continuant à soliloquer : Joseph avait de larges épaules sous les pulls en grosse laine qu'il affectionnait, mais sa force se réduisait à sa capacité d'écraser une noix dans son poing ; Emmanuel s'apitoyait sur les oiseaux qui heurtaient les lignes à haute tension, sans pour autant lui téléphoner quand elle avait la grippe ; Romain ne supportait pas la moindre taquinerie et divisait, au restaurant, les additions avec un soin maniaque – au centime près.

Elle avait été amoureuse, ou avait cru l'être, ce qui revenait au même, de chacun d'eux. Depuis six mois, elle était seule. Elle avait cru aussi qu'elle ne pourrait pas le supporter, et s'étonnait, à présent, d'apprécier sa liberté – cette liberté qui lui avait fait si peur.

– Ils peuvent toujours courir, gronda-t-elle en refermant ses doigts autour du livre choisi, non, du livre qui s'était, en fait, imposé à elle.

Elle ne savait pas à qui elle s'adressait. Encore une généralisation. Décidément.

Le livre était épais, dense, il tenait bien dans sa main. Un bon point. Juliette recula lentement, les yeux rivés sur la couverture presque noire, une obscurité qui laissait apercevoir, du côté de la tranche, les ruines floues d'un manoir anglais.

Daphné Du Maurier. *Rebecca*.

– Ils vont signer la promesse de vente !

Chloé lança sa sacoche sur son bureau, se tourna vers Juliette et pointa un doigt vers elle, faussement accusatrice :

– La fille a eu un bug, direct, sur ton roman. Une chance, car elle tirait un peu la tronche. Je ne te raconte pas la visite du salon, sans parler de la cuisine. Mais là, d'un coup…

Elle mima l'émerveillement, haussant les sourcils, les yeux écarquillés et la bouche en « o ».

– Tu vois le tableau : elle entre dans la salle de bains, il faut dire que j'avais mis le paquet, l'éclairage intime, la plante, un drap de bain tout blanc drapé sur le dossier de la chaise longue, on ne voyait plus la rouille ni les taches d'humidité ni rien. Lui commence à dire que c'était fou, cette place perdue, mais elle ne l'écoutait même pas, elle s'est approchée de la baignoire et là…

Chloé sautilla sur place, les poings serrés, et reprit avec enthousiasme :

– Jamais vu ça ! Elle prend le bouquin, commence à le feuilleter et dit : « Ah, *Rebecca*, ma mère adorait ce vieux film avec… qui, déjà ? Grace Kelly ? Non, Joan Fontaine… ». Et elle se met à lire. Ça dure un bon moment, je n'osais même pas respirer. Lui dit : « Je crois qu'on en a assez vu », et elle : « On pourra faire un dressing », et elle sourit, je te jure, et elle me demande : « C'est à vous, le livre ? Je peux le garder ? » Et elle se plante devant la glace, une super glace baroque que j'ai trouvée à Emmaüs le week-end dernier, elle se touche un peu les cheveux, comme ça (Chloé mimait le geste, ses lèvres s'ouvraient, Juliette voyait ses cils frémir, son visage s'adoucir, se transformer, marqué par une mélancolie qui ne lui ressemblait pas, qui semblait plaquée sur ses traits rieurs comme un masque de théâtre japonais, ou de carnaval), et elle se retourne vers lui et dit d'une drôle de voix : « On sera heureux, ici… Tu verras. »

L'agence immobilière fermait à 18 h 30. À minuit, Juliette était toujours assise sur le parquet dont les lames, depuis longtemps, avaient perdu leur couche d'usure et montraient de larges zébrures gris mastic. De la réfection de ce bureau, où les clients ne pénétraient jamais – les filles disposaient d'une table de plexiglas dans la boutique, où elles s'installaient à tour de rôle dans la journée, souriant d'un air avenant sous la lumière des spots encastrés –, il n'avait plus été question depuis la galette des rois, trois années plus tôt, quand M. Bernard avait renversé la bouteille de cidre brut premier prix dans l'étroit passage qui menait à la fenêtre. Le liquide pétillant avait coulé dans les fissures du bois, y laissant un halo jaunâtre. C'est sur cette tache depuis longtemps sèche que Juliette s'était installée, jambes croisées, les livres étalés en éventail devant elle.

Dix-sept livres. Elle les avait comptés. Pris en main, soupesés, feuilletés. Elle en avait humé les pliures, elle avait picoré ici et là des phrases, des paragraphes parfois incomplets, des mots appétissants comme des bonbons ou tranchants comme des lames : … *près du feu un lit, sur lequel il jeta peaux de brebis et de chèvres. Ulysse s'y coucha. Eumée mit sur lui un manteau épais et grand, qu'il avait de côté pour s'en vêtir quand la froidure sévissait cruelle… Mon visage était un pré sur lequel broutait un troupeau de buffles… Il regardait le feu de bûches, au haut duquel pirouettait et dansait, prête à mourir, l'unique flamme qui servait à la cuisson du déjeuner… Elle est retrouvée – Quoi ? – l'éternité… C'est la mer en allée… Oui, songea Rudy, les hommes ambitieux aux jambes fortes plantées bien droit sur le sol, sans le moindre fléchissement gracieux du genou… Smoking, crépuscules grandis, la soif des heures, un clair de lune parcimonieux, verbiage, vallon, lumière…*

Tant de mots. Tant d'histoires, de personnages, de paysages, de rires, de pleurs, de décisions soudaines, de terreurs et d'espoir.

Pour qui ?

8

Juliette avait retrouvé la rue, le portail rouillé, avec sa zébrure de vieille peinture bleue, le ciel enfermé entre les hauts murs, et s'en étonnait. Il lui aurait paru presque plus normal que la voie ait disparu, qu'un mur aveugle se soit dressé devant elle, ou que l'entrepôt, vainement cherché, ait été remplacé par une pharmacie ou une moyenne surface affichant, sur des cartons jaune ou vert fluo, les promotions de la semaine.

Non. Elle posa sa main gauche, à plat, sur le métal froid. La plaque, elle aussi, était toujours là. Et le livre. Il laissait, entre les battants, passer un souffle d'air qui sentait la fumée. Elle se retourna, scruta les façades. Pourquoi se souciait-elle, à cet instant, d'être observée ? Avait-elle peur qu'on la voie entrer là – qu'on la juge ? Dans ce quartier endormi, les gens devaient surveiller avec une suspicion particulière les allées et venues de leurs voisins. Et ce lieu éveillait forcément leur curiosité, pour ne pas dire plus.

Juliette ne savait pas ce qu'elle craignait. Mais elle sentait poindre en elle une vague inquiétude.

Donner des livres à des inconnus – des inconnus choisis, épiés –, qui pouvait consacrer du temps à cela ? Y consacrer, même, tout son temps ? De quoi vivait le père de la petite Zaïde ? Sortait-il parfois pour se rendre à son travail – le mot n'évoquait, soudain, aucune image dans l'esprit de Juliette, qui ne réussissait pas à imaginer Soliman derrière un guichet de banque ou dans un bureau d'architecte, encore moins dans une salle de classe ou un super-marché – ou restait-il enfermé, à bonne distance du jour et de la nuit, dans cette pièce tapissée de livres où les lampes restaient allumées du matin au soir ? Il pouvait très bien travailler là, en effet, concevoir des sites web, faire des traductions, des piges, ou rédiger des textes de catalogue, par exemple. Elle ne le voyait pas non plus dans l'un ou l'autre de ces rôles. Elle ne le voyait pas, en réalité, comme un être réel, ordinaire, avec des besoins matériels et une vie sociale ; elle ne le voyait pas non plus comme un père.

Ni vraiment comme un homme.

On nous apprend la méfiance, pensait-elle en poussant le lourd battant qui s'ouvrit lentement, comme à regret. À toujours supposer le pire. Donner des livres aux gens, pour qu'ils aillent mieux – si j'ai bien compris... Je suis sûre que l'épicière du coin prend Soliman pour un terroriste ou un dealer. Et que la police est déjà venue ici. S'il était dentiste, ça ne viendrait à l'esprit de personne. Je suis en train de ressasser des banalités, tout le monde sait ça. Peut-être que je ne lis plus assez, j'ai le cerveau engourdi. Je ferais mieux de… de quoi, en fait ?

La cour était vide, un morceau de papier voletait sous les premières marches de l'escalier métallique, la porte du bureau était fermée. Aucune lumière à l'intérieur. Déçue, Juliette hésita quelques instants à rebrousser chemin puis, poussée par la curiosité, s'approcha des vitres ternies. L'antre du fauve sans le fauve – l'excitation du danger sans le danger. Pourquoi accumulait-elle ces comparaisons douteuses ? Elle aurait aimé s'administrer quelques claques – c'était le bon moment et le bon endroit, personne ne pouvait la voir. Mais le geste avait quelque chose d'enfantin. Elle ne pouvait pas se laisser aller, pas à ce point-là.

Pourquoi, au fait ?

Pas à pas, elle s'approcha. Le silence était étonnant. Impossible, ou presque, de croire qu'à quelques mètres de là grondait la ville dévoreuse de temps, de chair, de rêves, la ville jamais rassasiée, jamais endormie. Un claquement d'ailes lui signala qu'un pigeon, au-dessus de sa tête, s'était posé sur la rambarde de la galerie ; une cloche fêlée se fit entendre, qui sonna huit coups. Le matin. Il aurait pu être n'importe quelle heure, n'importe où, dans un de ces bourgs de province que Balzac aimait décrire.

– Ne restez pas là. Entrez.

La voix venait d'en haut, elle avait plané jusqu'à elle, lui arrachant un sursaut. Elle n'avait pas collé son nez aux vitres, et pourtant elle avait la sensation d'avoir été surprise en flagrant délit d'indiscrétion.

– J'arrive. Je ne suis pas très en avance, aujourd'hui.

Il était déjà là – à croire qu'il se déplaçait au-dessus du sol. Juliette n'avait même pas entendu ses pas dans l'escalier. Elle sentit avant même de le voir l'odeur qui imprégnait ses vêtements, une odeur de cannelle et d'orange.

– Je viens de faire un gâteau pour Zaïde, dit-il. Elle est un peu patraque.

Il regarda ses mains couvertes de farine et, avec un sourire d'excuse, les frotta sur son pantalon noir.

Après tout, c'était bien un père. Pourtant, un gâteau ? Pour une fillette malade ?

– Si elle a mal au ventre…, commença Juliette d'un ton désapprobateur avant de s'interrompre brusquement, car elle croyait avoir entendu sa mère et ses grands-mères s'exprimer, d'une seule voix, par sa bouche.

Mais de quoi se mêlait-elle ?

Soliman appuyait sur le bec-de-cane de la porte, qui résistait de tous ses gonds rouillés. D'une poussée de l'épaule, il força l'ouverture.

– Tout est de guingois, ici, dit-il. Les murs et leur locataire. Nous allons bien ensemble.

Juliette aurait dû protester – par politesse – mais il avait raison, au fond. Elle sourit. « De guingois »… ça ne manquait pas de charme. La pierre du seuil, rayée de sillons qui traçaient des courbes parallèles, le plancher gris de poussière, les fenêtres dont les vitres tremblaient à la moindre saute de vent, le plafond perdu dans la pénombre, les livres accumulés dans les moindres recoins, non plus. L'ensemble, bâti de bric et de broc, donnait pourtant une impression de solidité ; ce lieu qui aurait pu s'effacer, d'un jour à l'autre, à la façon d'un mirage aurait alors été transporté tel quel à travers le temps et l'espace pour se reconstituer ailleurs, sans que la porte cesse pour autant de grincer, ni les piles de volumes de s'écrouler au passage des visiteurs. On pouvait y prendre goût, à cette chute feutrée, molle, au chuchotis des feuilles froissées ; mais Soliman se précipitait et, tout en lui indiquant une chaise libre, ramassait, consolidait, repoussait les échafaudages de papier avec une tendresse inquiète.

– Vous avez déjà fini ? demanda-t-il enfin, essoufflé, en se laissant tomber sur son propre siège. Racontez-moi.

– Oh ! Non. Ce n'est pas ça. Je…

Il ne l'écoutait pas.

– Racontez-moi, insista-t-il. J'avais peut-être oublié de vous le préciser : je note tout.

Il posa sa main, à plat, sur un gros registre vert, usé aux coins. Juliette – qui se sentait à nouveau glisser dans… dans quoi ? un autre pays, un autre temps, peut-être – s'absorba dans la contemplation de cette main. Grande, les doigts très écartés, couverte des phalanges au poignet d'un léger duvet brun. Frémissante. Comme un petit animal. Les ongles courts, bordés d'un liséré, non pas noir mais d'un gris mat, un gris de poussière, la poussière des livres, bien sûr. De l'encre redevenue poudre, des mots redevenus cendre et accumulés là, donc pouvant s'en échapper, voler, être respirés, peut-être compris ?

– Tout ?

Sa voix n'exprimait pas l'étonnement, ni la méfiance, cette fois ; plutôt… peut-être… un émerveillement d'enfant. Non. Ce mot-là, « émerveillement », était mièvre, ou alors fort, trop fort. Trop pour la suspicion, l'ironie, l'indifférence. Trop pour la vie ordinaire.

Je vais me lever, décida Juliette, étourdie. Je vais m'en aller et ne plus jamais revenir. Je vais aller au cinéma, tiens, pourquoi pas, et manger des sushis après, ou une pizza, et je rentrerai et je…

« Tu quoi, Juliette ? Dormiras ? T'affaleras devant une émission débile à la télé ? Rumineras, une fois de plus, ta solitude ? »

– Oui, tout. Tout ce qu'on veut bien me dire. L'histoire des livres, vous comprenez. La manière dont ils vivent, les gens qu'ils touchent, chaque livre est un portrait et il a au moins deux visages.

– Deux…

– Oui. Le visage de celui – de celle, dans votre cas – qui le donne. Le visage de celle ou de celui qui le reçoit.

La main de Soliman se souleva, plana un instant au-dessus d'une pile moins haute que les autres.

– Ceux-là, par exemple. On me les a rapportés. Cela n'arrive pas souvent. Je n'écris pas mon adresse sur les pages de garde. J'aime à savoir qu'ils se perdent, qu'ils suivent des chemins ignorés de moi… après leur premier passage, dont je conserve une trace, un récit.

Il prit le volume qui se trouvait au sommet de la pile, sans l'ouvrir. Ses doigts glissèrent le long de

la gouttière. Une caresse. Juliette, malgré elle, frissonna.

« Il n'est même pas beau ».

– C'est la femme dont je vous ai parlé l'autre
jour, celle que vous aviez rencontrée dans le métro,
qui a passé ce livre. Je l'ai trouvé coincé dans la
porte, hier. Je ne sais pas qui l'a déposé là. Et cela
m'attriste.

9

Sous l'effet du vent d'est, un vent puissant qui soufflait par à-coups depuis la veille, la rame oscillait légèrement, et Juliette, quand elle fermait les yeux, pouvait s'imaginer à bord d'un navire sortant des jetées, quittant l'eau calme et lisse d'un port pour se retrouver en pleine mer.

Elle avait besoin de cette image pour se calmer, pour dompter le tremblement de ses mains. Le livre qu'elle tenait ouvert devant elle lui paraissait rigide, bien trop épais – trop voyant, pour tout dire.

N'était-ce pas ce qu'elle voulait, pourtant ?

La jaquette cartonnée, qu'elle avait confectionnée la veille, piochant sans scrupule dans le placard des fournitures de bureau, à l'agence, usant et abusant de l'imprimante couleur – au point qu'il faudrait sans doute changer deux fois les cartouches ce mois-ci, une dépense que M. Bernard ne verrait pas d'un bon œil –, jetant les ratés dans sa corbeille à papier, puis se ravisant et les fourrant tous dans un grand sac-poubelle qu'elle avait déposé dans un conteneur à trois rues de là, avec un vague sentiment de culpabilité, ne cessait de glisser. Une fois de plus, elle marqua le pli des rabats, cala le volume sur ses genoux. En face d'elle, un type d'une trentaine d'années, costume cintré et cravate étroite très *sixties*, cessa un instant de pianoter sur le clavier de son smartphone pour l'envelopper d'un regard de commisération – un peu appuyé, jugea-t-elle.

Furtivement, Juliette observa les autres occupants du wagon. Il n'y avait pas grand monde. Jour de grève des fonctionnaires, RER en service réduit, les banlieusards, du moins ceux qui le pouvaient, étaient restés chez eux. Et, cette fois, elle était en avance, très en avance même. Il était à peine 7 h 30. Pourquoi avait-elle choisi cette heure matinale ? Ah, oui : elle avait eu peur de ne pas pouvoir s'asseoir. Le livre qu'elle lisait, ou faisait semblant de lire, n'était pas de ceux qu'on peut tenir d'une main tout en se cramponnant de l'autre à l'une des poignées boulonnées à côté des portes.

Du coup, aucun des voyageurs qu'elle avait l'habitude de croiser n'était en vue. Elle en était presque soulagée. Personne, sauf le type au smartphone, ne faisait attention à elle. D'ailleurs, il se penchait, le menton en avant, les sourcils haussés en une mimique exagérée de stupéfaction.

– Vous allez vraiment lire tout ça ?

Il lâcha un rire haut perché, se pencha un peu plus et tapota de l'ongle la jaquette du livre.

– C'est une blague.

Juliette se borna à secouer la tête. Non, ce n'était pas une blague. Mais elle n'avait pas trouvé d'autre moyen pour piéger ses proies potentielles – c'était bizarre, si on y pensait, d'utiliser ce genre de vocabulaire. Déduire d'une apparence un caractère, des goûts, des rêves peut-être, choisir pour ces rêves une nourriture appropriée, elle ne s'en sentait pas capable. C'est ce qu'elle avait expliqué à Soliman après leur dispute, l'autre jour.

Dispute était peut-être un bien grand mot. Pouvait-on parler de « dispute » quand on se retrouvait en train de fouiller son sac à la recherche – sous la brosse à cheveux, le livre entamé depuis longtemps déjà, les clés, celles de l'agence, celles de la cave de son immeuble, le téléphone portable, un carnet plein de gribouillages et de listes de choses-à-faire jamais terminées – d'un mouchoir en papier un peu froissé, mais propre, pour un homme qui sanglotait sans retenue ?

Non, se corrigea Juliette. Là, c'est toi qui écris le roman, et tu exagères.

Replay.

Elle lui avait tout raconté, comme il l'avait exigé : le couloir coudé et la salle de bains, sombre, humide et ridiculement grande par rapport aux autres pièces de l'appartement, la baignoire à pattes de lion, les traînées de rouille, les idées de Chloé et sa formation de *home staging*, la plante verte, le paravent, et enfin le livre. Et la réussite inespérée : les clients avaient déjà signé la promesse de vente, ils n'avaient pas besoin de prêt, payaient *cash*, avaient déjà retenu un entrepreneur pour les premiers travaux. Et semblaient radieux.

Et là, Soliman, qui l'avait écoutée avec la plus grande attention mais sans prendre la moindre note, avait séché d'un geste presque distrait, sur sa joue, une trace brillante – sans la lumière crue dispensée par la lampe dont l'abat-jour vert se trouvait relevé, elle ne l'aurait pas vue.

Mais elle n'avait pas pu ne pas remarquer celle qui l'avait suivie. Et d'autres larmes avaient pris le même chemin ; douces, lentes, glissant sur la peau, se transformant, au contact d'une barbe de deux jours, en une mince pellicule qu'il n'avait plus cherché à essuyer.

– Je ne comprends pas, avait murmuré Juliette. Ça ne va pas ? J'ai…

Mais oui, bien sûr. Ça n'allait pas. Elle avait tout fait de travers – comme d'habitude.

Alors elle avait renversé le contenu de son sac sur le bureau, à la recherche d'un paquet de mouchoirs, et elle avait fini par en trouver un qu'elle lui avait tendu.

– Je suis désolée. Vraiment désolée.

Aucun autre mot ne lui venait à l'esprit.

– Désolée, désolée, répétait-elle.

– Arrêtez.

– Dés… Vous comprenez, je ne suis pas intelligente comme cette femme, celle qui s'est tuée. Ou comme les autres, vos passeurs, je ne les connais pas, je ne sais pas. Je suis incapable de deviner le caractère de quelqu'un rien qu'en le regardant pendant un trajet de métro. Et je ne peux pas suivre les gens toute la journée, sinon je vais perdre mon travail. Alors, comment pourrais-je savoir de quel livre ils ont besoin ?

Il s'était mouché énergiquement.

– C'est stupide, de dire ça, avait-il croassé.

– Vous voyez bien…

Et là, ils avaient commencé à rire, un vrai fou rire, contagieux, incontrôlable. Pliée en deux, les mains coincées entre ses genoux, Juliette riait à en pleurer, elle aussi. Soliman avait agrippé le pied de la lampe à deux mains et hoquetait, si bien que l'abat-jour finit par basculer et par noyer son visage dans une ombre verte.

– Vous… vous… avez l'air… d'un zombie…, avait réussi à articuler la jeune femme avant de se mettre à trépigner, les muscles de ses jambes agités de spasmes.

Comme c'était bon, de rire ainsi, la bouche ouverte, sans souci d'être ridicule, pour une fois. De hurler de rire, de hoqueter, d'essuyer sur son menton la salive qui coulait, et de recommencer.

Ils riaient encore quand Zaïde avait fait irruption dans le bureau, dont elle avait refermé la porte avec beaucoup de soin avant de se retourner et de les dévisager d'un air sérieux.

Elle aussi tenait un livre contre elle – et ses mains, remarqua Juliette qui cessa net de rire, étaient comme des répliques plus fines, plus menues, de celles de son père. Même tendresse attentive pour assurer sa prise sur le dos du volume, même délicatesse. Chacun de ses ongles roses, presque nacrés, était un petit chef-d'œuvre.

Mais ce n'est pas ce qui avait retenu son attention.

Le livre de Zaïde était recouvert d'un épais carton légèrement ondulé, d'un vert vif, sur lequel des lettres de feutrine rouge avaient été soigneusement collées – même si leur alignement laissait quelque peu à désirer.

Et ces lettres disaient :

Ce livre est formidable.
Il vous rendra intelligent.
Il vous rendra heureux.

10

– C'est une blague, répéta le type au costume trop serré.

Juliette leva les yeux sur son visage hilare et – pensant à Zaïde, essayant d'imiter l'expression de gravité attentive qu'elle avait surprise sur les traits de la petite fille – répliqua :

– Non, pas du tout.

– Vous êtes… vous appartenez à un… un groupe, enfin un genre de secte, c'est ça ?

Ce mot fit naître dans l'esprit de la jeune femme un léger frisson de crainte, comme si une plume aux barbilles griffues l'avait effleurée, oh, à peine, assez pourtant pour l'alerter.

Une secte. N'était-ce pas ce qu'elle avait pensé quand elle était revenue à l'entrepôt ? Peut-être même la première fois qu'elle y était entrée ? Une secte, une sorte de prison sans grilles ni serrures, quelque chose qui vous collait à la peau, s'insinuait en vous, obtenait votre assentiment, même pas forcé, non, au contraire, donné dans le soulagement, dans l'enthousiasme, avec l'impression de trouver enfin une famille, un but, quelque chose de solide, qui n'allait ni s'effriter ni disparaître, des certitudes claires, simples – comme les mots que Zaïde avait découpés lettre à lettre, puis collés sur la couverture de son livre, de ses livres plutôt, tous ceux qu'elle aimait, avait-elle précisé.

– Parce que c'est si long d'expliquer pourquoi on aime un livre. Et moi, je n'y arrive pas toujours. Il y a des livres, quand je les ai lus, je me sens… voilà. J'ai des choses qui remuent à l'intérieur. Mais je ne peux pas les montrer. Alors comme ça, c'est dit, et les gens n'ont qu'à essayer.

Elle avait jeté à son père un regard un peu dédaigneux.

– Moi, je ne cours après personne. Enfin, quand je dis courir. Y en a qui ne bougent pas beaucoup.

Soliman avait tendu la main par-dessus le bureau.

– Je sais ce que tu veux dire, ma puce.

Sa voix était très calme, sa paupière droite tiraillée par un tic, un infime tressautement. Zaïde avait rougi, et Juliette n'avait pu s'empêcher d'admirer le spectacle, cette lente infusion du sang sous la peau mate, du cou aux pommettes, au coin des yeux qui s'étaient aussitôt remplis de larmes.

– Pardon, papa. Je suis méchante. Je suis méchante !

Et elle avait tourné les talons, s'enfuyant tête baissée, le livre serré contre elle.

– Non, répondit Juliette avec fermeté, une fermeté qui l'étonna elle-même, je ne fais pas partie d'une secte. J'aime les livres, c'est tout.

Elle aurait pu ajouter : *je n'aime pas toujours les gens.* C'est ce qu'elle pensait, à cet instant, en le regardant. Sa bouche fendue sur des incisives un peu jaunes, écartées, les dents du bonheur c'est ce qu'on disait, cet air de santé à l'ancienne, gras, rose, content de lui, un peu condescendant. Chloé l'aurait étiqueté tout de suite : « Ce type est un porc, laisse tomber. »

– Vous le voulez ? continua-t-elle.

La méfiance, aussitôt, remplaça le sourire assuré sur le visage poupin de son interlocuteur.

– Oh non, ça ne m'intéresse pas. Je n'ai pas de monnaie et…

– Je ne veux pas vous le vendre. Je vous le donne.

– Vous voulez dire que c'est gratuit ?

Il avait l'air stupéfait. Et subitement avide. Avec nervosité, il passa sa langue sur ses grosses lèvres, regarda à droite, à gauche, se pencha un peu vers elle. Une odeur d'after-shave déferla sur Juliette, qui retint sa respiration.

– Un piège, décida-t-il soudain en fermant ses poings sur ses cuisses, c'est toujours un piège, les trucs gratuits. Vous allez me demander mon adresse e-mail, et je vais recevoir des spams jusqu'à la fin du siècle.

– Vous serez mort, à la fin du siècle, lui fit observer Juliette d'une voix douce. Et je ne veux pas votre e-mail. Surtout pas. Je vous donne le livre, je descends à la prochaine station et vous m'oubliez.

Elle referma le volume et le posa sur ses paumes accolées, qu'elle leva vers lui.

– Rien en échange. Gratuit, répéta-t-elle en détachant les syllabes, comme si elle s'adressait à un enfant un peu retardé.

– Gratuit, dit-il encore une fois.

Il avait l'air abasourdi. Presque effrayé. Enfin, il tendit les deux mains et prit le livre. L'air frais coula dans les paumes de Juliette alors que la rame arrivait à quai.

– Au revoir.

Il ne répondit pas. Elle se leva, passa la bandoulière de son sac sur son épaule et se dirigea vers la porte derrière une femme qui portait son bébé dans une longue écharpe devant elle. Par-dessus son épaule, deux petits yeux noirs la fixaient, au ras d'un bonnet surmonté de trois pompons, un rouge, un jaune, un violet.

– Coucou, dit Juliette, attendrie.

Les enfants des autres l'attendrissaient toujours, mais les mères l'effrayaient – trop assurées, trop compétentes, l'opposé de ce qu'elle était, estimait-elle.

Le petit nez se fronça, les yeux cillèrent, à peine. Ce regard. Comment pouvait-on supporter ça toute la journée, cette interrogation constante, pourquoi, pourquoi, pourquoi. Cette curiosité inlassable. Ces yeux ouverts comme des bouches affamées.

Et cette colère, peut-être, d'avoir été mis au monde. *Ce* monde.

Sur le quai, elle fit quelques pas, puis se retourna. Le type regardait toujours le livre fermé. Il avait posé une main sur la couverture, à plat. Avait-il peur qu'il s'ouvre tout seul ? Qu'il en sorte des monstres ou des chimères, quelque chose de très ancien, de dangereux, de brûlant ? Ou de trop neuf pour être affronté ?

Juliette le vit passer dans la rame qui repartait, toujours courbé vers ses genoux, immobile. Son profil. Sa nuque épaisse, avec les traces de la tondeuse. Un homme.

Un lecteur ?

11

– Tu vas me dire ce que tu fabriques, à la fin ?

Chloé s'était campée, bras croisés, devant le bureau de Juliette. Toute son attitude proclamait qu'elle ne bougerait pas de là avant d'avoir obtenu une explication.

– De quoi parles-tu ?

Piètre tentative pour gagner du temps – Juliette en était consciente. Quelques secondes. À peine, puisque sa collègue précisa aussitôt :

– Avec ces fichus bouquins que tu entasses dans ton tiroir. Avec tous ces cartons dont je retrouve des bouts déchirés dans les corbeilles à papier.

Une nouvelle fois, Juliette biaisa.

– Je croyais qu'elles étaient vidées tous les soirs…

D'un geste sec, le tranchant de sa paume fendant l'air, Chloé exprima que là n'était pas la question.

– J'attends.

Et, comme Juliette ne répondait toujours pas, elle s'énerva :

– Tu veux faire plus de ventes que moi, c'est ça ? Tu as perfectionné le truc ?

– Quel truc ? demanda Juliette, qui savait fort bien ce dont sa collègue parlait.

– Le *home staging*. Le truc du livre sur le bord de la baignoire. C'était mon idée, je te rappelle. Tu n'as pas le droit de t'en servir.

Elle était méconnaissable, les narines pincées, pâle, avec deux taches sur les pommettes, comme si elle avait appliqué en hâte un blush trop foncé. Ses doigts se crispaient dans la chair un peu molle de ses bras, où ses ongles soigneusement manucurés et vernis piquaient de petites demi-lunes couleur crevette. Juliette la dévisagea, comme elle aurait scruté le visage d'une inconnue, son masque de joliesse soudain effacé par l'angoisse et la rancune, et crut la voir telle qu'elle serait trente ans plus tard, quand la vie aurait creusé en elle les voies de cette rancune et de cette angoisse, les aurait alourdies et imprimées, indélébiles, sur ses traits.

Laide. Morne.

Pitoyable.

– Oh, Chloé !

Elle avait envie de pleurer. De se lever, de la prendre dans ses bras, de la bercer, pour la laver d'un chagrin dont elle ignorait tout – Chloé aussi, peut-être.

– Tu es prévenue.

Chloé tourna les talons et marcha vers sa table de travail, vers les guirlandes de post-it accrochés au pied de sa lampe, vers son ordinateur surmonté d'oreilles de lapin roses – cadeau d'un client qui avait des vues sur elle, avait-elle prétendu le jour où elle les avait installées, neuves et raides, couleur de barbe à papa trop sucrée. Le rose avait pâli, la peluche poussiéreuse pliait, et les oreilles, semblables à des feuilles d'iris fanées, se recourbaient sur l'écran, y projetant une ombre longue.

Chloé marchait comme on monte au front dans les films de guerre des années cinquante, pensa Juliette, à grandes enjambées, avec une détermination forcée, un entrain ranimé par le danger et la perspective de l'échec. Elle croyait en une rivalité purement imaginaire, la vivait comme une bataille qu'il lui fallait remporter coûte que coûte.

Juliette baissa la tête vers le dossier ouvert devant elle, la gorge nouée. Depuis quelque temps, elle avait l'impression que sa vie lui échappait, la fuyait, des milliers de grains de sable s'écoulant d'une fente presque invisible, emportant avec eux des milliers d'images, de couleurs, d'odeurs, des égratignures et des caresses, cent déceptions minimes et autant, peut-être, de consolations… Elle n'avait jamais, d'ailleurs, beaucoup aimé sa vie, passant d'une enfance ennuyeuse à une adolescence renfrognée avant de découvrir à dix-neuf ans, dans les regards posés sur elle, qu'elle était belle – peut-être. Certains jours. Qu'il y avait en elle, comme le lui avait chuchoté son premier amant un soir où tous deux avaient un peu trop bu, une grâce, quelque chose de dansant, d'aérien, quelque chose qui laissait croire à la légèreté des heures, en marge des drames et de la noirceur sans cesse croissante de l'actualité.

Mais Juliette ne se sentait pas de taille à endosser ce personnage. Elle l'avait prouvé en quittant Gabriel, qui avait continué, seul, à trop boire et à chercher de bar en bar une femme, ou plutôt un mythe dont les vertus éthérées lui rendraient l'existence supportable. Elle l'avait prouvé en collectionnant les déprimés, les agressifs, les maussades, les velléitaires avides de catastrophes personnelles et de revers successifs. Elle avait recherché, puis fui, ces victimes complaisantes, elle les avait regardés s'enfoncer dans leur désespoir exalté comme elle observait les araignées qu'elle noyait, à contre-cœur, dans sa baignoire. Dansante, aérienne, elle ? Comme l'étaient les ballerines, alors, pivotant sur leurs pieds torturés, les orteils en sang, le sourire aux lèvres ? Et même cette comparaison lui paraissait pleine de suffisance, elle n'était pas si vaniteuse, ne prétendait pas survoler, même au prix de souffrances calculées, la monotonie du quotidien, sa mesquinerie, les beaux rêves douchés et les illusions perdues, toutes ces peines de luxe, comme elle se le disait parfois en comparant son existence étriquée, mais confortable, aux détresses réelles qu'elle ne faisait qu'effleurer du regard.

Peines de luxe, petites joies. Celles de la routine : quand le café était bon, le matin, elle éprouvait une vague reconnaissance, quand la pluie annoncée pour la semaine ne tombait que la nuit, aussi. Quand le journal télévisé ne livrait pas son lot de morts et d'atrocités, quand elle avait réussi à faire disparaître de son chemisier préféré la tache de *pesto rosso* que Chloé avait proclamée indélébile ; quand le dernier Woody Allen était vraiment bon…

Et puis, il y avait les livres. Entassés sur deux rangées dans la bibliothèque du salon, en piles de chaque côté du lit, sous les pieds des deux petites tables héritées de la grand-mère de Juliette, la grand-mère aux lucioles, celle qui avait vécu toute sa vie dans un village accroché à la montagne, dans une maison aux murs noirs comme de la lave figée ; des livres aussi dans le placard de la salle de bains, entre les produits de beauté et la réserve de rouleaux de PQ, des livres sur une étagère dans les toilettes et dans un vaste panier à linge carré dont les poignées avaient cédé depuis belle lurette, des livres dans la cuisine, à côté de l'unique pile d'assiettes, des livres en colonne dans l'entrée derrière le portemanteau. Juliette assistait, passive, à l'envahissement progressif de son espace, ne résistait pas, déplaçait seulement quelques volumes vers le tiroir de son bureau quand elle trébuchait par trois fois sur le même, tombé de sa pile ou de son étagère, ce qui signifiait, selon elle, que le livre voulait la quitter, ou du moins qu'il avait pris l'appartement en grippe.

Juliette écumait, le dimanche, les vide-greniers, parce qu'elle éprouvait une peine sourde à la vue de ces cartons où des livres défraîchis avaient été jetés pêle-mêle, sans soin, avec dégoût presque, et que nul n'achetait. Les gens venaient là pour les vêtements de seconde main, les bibelots *seventies* et les appareils ménagers encore en état de marche. Les livres, ils n'en avaient rien à faire. Alors elle les achetait, remplissait son cabas de tomes dépareillés, de livres de cuisine ou de bricolage et de polars sexy qu'elle n'aimait pas, juste pour les tenir dans sa main, leur donner un peu d'attention.

Elle était entrée un jour dans une minuscule librairie d'occasion, coincée entre une pharmacie et une église, sur une place de Bruxelles. C'était un week-end pluvieux, morne, les touristes ayant déserté la ville après les attentats. Elle avait visité, presque seule, le musée royal, où un trésor de tableaux hollandais dormait sous de hautes verrières d'où tombait une lumière avare, puis avait senti le besoin de se réchauffer, était passée devant plusieurs cafés, avait rêvé à un chocolat chaud, puis s'était retrouvée devant un perron de trois marches creusées, en leur centre, par l'usure. Ce qui l'avait attirée, c'était la caisse des soldes, posée sur une chaise de jardin sous un énorme parapluie rouge ficelé au dossier. Mais elle ne contenait que des livres en néerlandais. Alors, elle avait monté les marches, actionné le bec-de-cane à l'ancienne, poussé la porte. Elle se sentait en terrain connu, dans ces empilements, cette poussière de papier, ce parfum de vieilles reliures. Au fond de la boutique, un homme assis derrière une petite table avait à peine levé la tête du livre qu'il lisait quand la petite cloche avait tinté. Juliette avait circulé un long moment entre les livres, feuilleté un traité de médecine du XIXe siècle, un manuel d'économie domestique, une méthode pour apprendre le latin comme une langue vivante, plusieurs vieux romans de Paul Bourget, un auteur qui semblait très opposé au divorce, un album consacré aux papillons du Brésil et, enfin, un mince volume à la couverture blanche qui portait pour titre : *Treizième poésie verticale*, édition bilingue. Verticale, tiens, pourquoi, s'était-elle demandé en l'ouvrant, les lignes des poèmes ne sont-elles pas horizontales comme toutes les autres, oui, mais la disposition… on pourrait dire que…

Le poète s'appelait Roberto Juarroz. Le recueil s'était ouvert à la page 81, et à la page 81 elle avait lu :

Quand le monde s'amincit
comme s'il était à peine un filament
nos mains inhabiles
ne peuvent plus se saisir de rien.

On ne nous a pas appris
Le seul exercice qui pourrait nous sauver :
Apprendre à nous sustenter d'une ombre.

Juliette avait lu et relu le poème, sans se soucier des minutes qui passaient. Elle restait immobile, le livre ouvert entre les mains, tandis qu'au-dehors le crachin devenait averse et que des paquets de pluie frappaient la porte vitrée, la faisant trembler dans ses gonds. Au fond de la boutique, le libraire n'était qu'une ombre penchée, silencieuse, un dos couvert d'une cendre de grisaille, peut-être n'avait-il pas bougé depuis des siècles, depuis que la maison avait été construite, en 1758 d'après l'inscription gravée sur son fronton de pierre, si blanc à côté du rouge foncé des briques.

Enfin, il avait dit :

– Votre parapluie.

Juliette avait sursauté.

– Mon parapluie ?

– Il mouille les livres du carton, là, à vos pieds. Mettez-le à côté de la porte, vous serez plus à l'aise.

Ce n'était pas un reproche, plutôt une invitation, pourtant elle avait refermé le livre et s'était avancée, un peu trop vite, vers lui.

– Je le prends, avait-elle murmuré en lui tendant le recueil.

– Juarroz, avait-il murmuré.

Il avait posé une main de chaque côté du livre et avait approché la tranche de son visage, fermant les yeux et souriant, à la manière d'un sommelier respirant un grand cru tout juste débouché.

– Ce vieux Juarroz...

Il avait glissé son pouce dans l'épaisseur du volume, remontant lentement vers le haut de la page, d'un geste où Juliette, troublée, avait vu de la sensualité et même de l'amour ; puis pincé celle-ci entre deux doigts, la tournant avec la même lenteur soigneuse, tandis que ses lèvres remuaient. Enfin, il avait relevé la tête, offrant à la jeune femme, pour la première fois, le regard de ses yeux doux, énormes derrière les verres bombés de ses lunettes.

– J'ai toujours un peu de mal à me séparer d'eux, avait-il avoué. Il faut que je leur dise au revoir... Vous comprenez ?

– Oui, avait murmuré Juliette.

– Prenez bien soin de lui.

– Promis, avait-elle soufflé, éberluée.

En sortant de la boutique, elle avait fait trois pas, puis s'était retournée d'un mouvement vif vers la devanture à la peinture écaillée, close sur ses trésors. Une rafale avait fait pencher le parapluie rouge, c'était comme un signe d'adieu, ou une dernière recommandation.

Un signe d'adieu. Juliette regarda autour d'elle. Le bureau mal éclairé, les vitres grises de crasse qui donnaient sur l'arrière-cour, les affiches décolorées au mur, et Chloé, qui venait de tourner son écran de manière que sa collègue ne pût capter son regard ; Chloé et ses cheveux fous, ses jupes courtes à volants, sa bonne humeur de tous les jours, qui sonnait si faux. Chloé et son rire qui venait de se changer en rictus. Chloé et ses ambitions, Chloé et ses calculs, Chloé et sa pauvreté profonde, amère.

Derrière Juliette, il y avait le mur de dossiers, ce mur jaune pisseux qu'elle n'apercevait jamais sans une crispation des orteils. Et de l'autre côté de la porte, M. Bernard, qui dégustait à petites gorgées une boisson chaude dans la tasse qui lui venait de sa mère. Plus loin encore, au-delà de la devanture, il y avait la rue, les voitures qui passaient sur la chaussée mouillée avec un doux crissement, les autres boutiques, et des centaines, non, des milliers de boîtes qu'on appelait « appartements », dont on faisait commerce, et qui contenaient des milliers d'inconnus pétris, eux aussi, d'ambitions, habités peut-être par de sourdes rages, mais aussi des rêveurs, des amants, des fous aveugles qui voyaient mieux que d'autres – où avait-elle lu cela ? Oui, des milliers et des milliers d'inconnus, et elle, elle restait là, immobile dans ce flot sans cesse déferlant, elle allait rester là, à tenter d'apaiser la colère de Chloé, tout en sachant très bien qu'elle n'y parviendrait jamais tout à fait ; elle allait rester là à regarder la vie passer, à remplir des DPE et à estimer le rabais possible sur les frais de vente d'un cent quarante mètres carrés à Bir-Hakeim, elle allait rester là, et elle allait mourir.

Et tous mourraient. Et elle ne les aurait jamais connus, jamais approchés, elle ne leur aurait jamais parlé, et toutes ces histoires qui défilaient sur le trottoir avec ceux qui les portaient, elle n'en aurait rien su.

D'un geste machinal, elle fit rouler le tiroir de gauche de son bureau, celui où les livres s'entassaient depuis son arrivée à l'agence ; l'un d'eux se prit dans la rainure, le tiroir se bloqua. Elle se pencha et le prit par un coin pour le dégager. Puis elle le retourna pour en lire le titre.

La Fin des temps ordinaires, de Florence Delay.

12

– Vous avez donné votre démission ?

Soliman, les mains croisées sur l'un de ses genoux, se balançait d'avant en arrière sur sa chaise. Quand son genou butait contre la table, il repartait en arrière ; la bibliothèque, dans son dos, arrêtait le mouvement et le renvoyait vers Juliette, vers l'éclat tamisé de la lampe à abat-jour vert. Le bas de son visage était ainsi baigné de lumière, puis happé, de nouveau, par l'ombre.

Juliette ne répondit pas, car la question n'en était pas une. Elle se contenta de hocher la tête, avec une vigueur qui semblait, elle aussi, inutile.

– Je leur ai offert un livre. Avant de partir, précisa-t-elle.

– Un seul ?

– Non. Un pour Chloé, un pour M. Bernard.

– Attendez.

Deux des pieds de la chaise heurtèrent le plancher avec fracas, et Soliman étendit le bras pour saisir son cahier, dont il tourna les pages avec une étrange frénésie.

– Quel jour sommes-nous, déjà ? Je devrais avoir un calendrier, ici, un agenda, je ne sais pas…

– Ou un téléphone portable, ajouta la jeune femme en réprimant un sourire.

– Plutôt mourir.

Il s'interrompit brusquement, fronça les sourcils comme si une pensée désagréable lui était venue, puis haussa les épaules.

– Le 13 janvier ? Non, le…

– 15 février, corrigea Juliette.

– Déjà. Comme le temps passe. Pourtant j'avais rendez-vous hier à… c'est sans importance. Reprenons. Donnez-moi l'adresse de votre agence immobilière, le nom des lecteurs, l'heure approximative… Je recommande toujours de regarder l'heure quand on passe un livre, j'y tiens beaucoup…

– Pourquoi ?

Il releva la tête du cahier où il venait de tracer à la règle un trait horizontal. Elle remarqua qu'il était plus pâle que d'ordinaire, et qu'une traînée rouge soulignait sa pommette. Il s'était peut-être coupé en se rasant. Ses cheveux noirs, toujours en désordre, paraissaient, aujourd'hui, ternes et sans vie.

– Comment ça, pourquoi ?

– Vous ne savez même pas quel jour on est.

– Ah ? Vous devez avoir raison…

Il se tut tandis qu'elle énumérait les renseignements demandés. Il n'avait pas répondu à sa question, sauf par l'indifférence, et une vague tristesse, qu'elle ne pouvait analyser, la fit frissonner.

– En fait, reprit-il brusquement, l'heure… Je ne sais pas si vous comprendrez, vous êtes novice encore. Mais l'heure… Passe-t-on un livre de la même manière à six heures du matin et à dix heures du soir ? Si je note tout cela, c'est pour que vous – vous et les autres – puissiez consulter ce cahier à tout moment. Alors, vous vous souviendrez. Ce sera même mieux qu'un souvenir, car la mention de la date et de l'heure englobe une infinité de choses : la saison, la lumière, pour ne citer que les plus évidentes. Portiez-vous un gros manteau ou une robe d'été ? Et l'autre ? Comment était-il habillé ? Comment bougeait-il ? Le soleil était-il déjà couché ? Rasait-il les toits des immeubles ou plongeait-il dans les cours obscures, celles que l'on devine à peine en passant d'une station à l'autre ? N'y avait-il pas, dans une de ces cours, une femme à sa fenêtre, non, une enfant, qui sur le passage de la rame a agité un bras, comme si elle souhaitait bonne chance à des amis partis pour un très long voyage ? Si cela se passait en décembre, vous n'aurez pu que deviner la lumière d'une lampe derrière les vitres, peut-être le mouvement rapide d'un rideau repoussé sur le côté, et la tache claire d'un visage…

Sur ces derniers mots, la voix de Soliman avait baissé jusqu'au murmure. Il se parlait à lui-même, comprit Juliette, évoquait un souvenir précis. Un souvenir qu'elle ne pouvait pas partager, même si la scène lui paraissait presque plus vivante, plus réelle que sa présence, à elle, dans ce bureau.

Elle en revenait toujours à cela, à cette sensation qui la prenait, dès le seuil franchi, de traverser un mirage, une de ces belles images tremblées que les caravaniers apercevaient au loin, lui avait-on raconté quand elle était enfant, dans le désert, et qui s'éloignaient à mesure que le pas des chameaux aurait pu en rapprocher les voyageurs assoiffés. Elle, Juliette, était entrée de plain-pied dans cette illusion et depuis se débattait, la nuit, avec des livres qui se soulevaient de leurs piles pour planer comme des oiseaux dans une cour entourée de hauts murs, avec des tables sans pieds et des portes faites de brouillards denses et colorés ; des feuillets, parfois, s'en échappaient et volaient en tourbillonnant et s'élevaient si haut qu'elle ne pouvait les suivre du regard…

– Juliette, dit brusquement Soliman, je voudrais vous demander un service.

Elle cligna des paupières, décontenancée. Elle avait presque vu les livres quitter les étagères, et n'était plus très sûre de ne pas rêver.

– Oui, oui, dit-elle avec précipitation. Si je peux vous aider, ce sera avec plaisir. J'ai du temps, beaucoup de temps, maintenant.

– Je m'en réjouis. Égoïstement.

Il se leva et commença à marcher dans la pièce – « marcher » n'était pas le bon mot, se dit Juliette, tant l'espace était encombré. Il se déplaçait plutôt à la manière d'un crabe, progressant de côté, faisant deux pas, reculant, effleurant au passage la couverture d'un livre ou posant la main dessus, avec force. Peut-être les mots passaient-ils ainsi à travers le carton ou le cuir, imprégnaient-ils la peau, irriguaient-ils le corps décharné qui lentement tanguait dans la pénombre.

— Je voudrais savoir… si vous pourriez… vous installer ici.

Juliette le fixa, la bouche entrouverte. Il lui tournait le dos, mais son silence dut l'alerter, et il pivota, agitant les mains en signe de dénégation.

— Ce n'est pas ce que vous croyez. Je vais vous expliquer.

Et il exécuta un curieux pas chassé qui le ramena vers sa table où il se posa les bras croisés.

— Je dois partir. Pour… un certain temps.

— Partir ? répéta Juliette. Mais où ?

— Cela n'a pas beaucoup d'importance. Ce qui en a, c'est que je ne peux pas emmener Zaïde. Et qu'il n'y a personne pour me remplacer ici. Vous êtes la seule à qui je puisse demander cela.

Il y avait tant d'angoisse dans ses yeux que Juliette ne trouvait pas de mots pour répondre, encore moins de souffle, elle se sentait aspirée, écrasée par une révélation qui tardait à venir mais dont le poids se faisait déjà sentir, en eux, entre eux.

Enfin, elle respira, put articuler :

— Vous… allez bien ?

— J'irai bien. Dans quelques mois. J'en suis sûr. Mais je veux épargner toute inquiétude à ma fille. Pour elle, je pars en voyage, et vous venez habiter ici pour vous occuper d'elle, c'est tout.

Il leva une main, paume tournée vers la jeune femme, et ce fut comme s'il érigeait un barrage. Pas de questions, disait son regard.

Pas de questions, acquiesça silencieusement Juliette.

– Sous la galerie, à côté de chez nous, il y a deux pièces inutilisées. Elles ont besoin d'un coup de peinture, mais j'y avais fait installer une douche, des plaques de cuisson… Si cela vous convient… sans loyer, bien sûr. Et je vous rémunérerai pour…

– Je peux les voir, d'abord ? Et puis… j'aurai besoin d'un peu de temps pour réfléchir. Disons jusqu'à demain. C'est ça : je vous donnerai ma réponse demain. Il ne sera pas trop tard pour vous ?

Il sourit et se leva, visiblement soulagé.

– Non, bien sûr. Je vous accompagne.

13

Trois semaines plus tard, Juliette emménagea dans son nouveau logement. Comme Soliman l'avait dit, les deux pièces, d'anciens ateliers, ne prenaient jour que par la galerie et un étroit puits de lumière ; elles baignaient jusqu'à la tombée de la nuit dans une clarté pâle, égale, que la jeune femme ne tarda pas à trouver reposante. Soliman avait déniché dans l'une des remises d'énormes pots de peinture jonquille, des pinceaux qu'il fallut faire tremper deux jours entiers tant ils étaient raides et des bâches qu'ils étalèrent sur le sol avant de se mettre à l'ouvrage. De larges bandes jaunes ne tardèrent pas à se croiser sur les murs décrépits au fil de leurs déplacements ou plutôt de leurs conversations décousues. Accroupie dans le coin le plus proche de la porte, Zaïde, armée du pinceau de sa trousse d'aquarelle et d'une palette où des crottes de gouache se chevauchaient, s'étalaient, se mélangeaient, peignait des fleurs sur les plinthes. Des roses bleu foncé aux tiges rouges, des marguerites vertes à cœur violet, des tulipes noires, « comme celle que Rosa faisait pousser dans sa chambre pour le pauvre Cornelius, le prisonnier ».

– Elle nage dans Alexandre Dumas, un vrai poisson, avait expliqué Soliman avec un sourire plein de fierté.

Pas de questions, se répétait Juliette, qui mourait d'envie d'en poser. Ils parlaient donc des couleurs, des fleurs, de la tulipomanie, des jardins d'Orient divisés en quatre parties, à l'image du paradis. « Paradis » venait d'ailleurs d'un mot persan, *pairidaeza*, expliquait le passeur de livres, qui signifiait « jardin clos ».

– Je préférerais un jardin sans murs, remarqua Juliette tout en constatant que la vieille salopette en jean qu'elle avait enfilée le matin était aussi constellée de taches jaunes qu'un champ entier de boutons-d'or.

– J'aime les murs, lança Zaïde sans lever la tête. On est à l'abri.

– Personne ne te veut de mal, *zibâ*[1], dit doucement Soliman.

– Tu ne sais rien, toi. Tu ne sais rien de ce qu'il y a de l'autre côté du mur… Tu ne sors jamais.

– Il a bien fallu que j'y entre, pourtant.

– Oui, chantonna Zaïde, il a bien fallu, il a bien fallu…

On en resta là. Juliette aurait voulu savoir, pourtant, comment le père et la fille étaient arrivés là, quel avait été leur chemin, d'où ils venaient, de quel jardin ou de quelle guerre, peut-être, elle ne pouvait

1. Jolie, en farsi.

pas s'empêcher de se raconter des histoires sur eux et ces destins flottants, tronqués, incertains accentuaient encore le charme qui émanait d'eux, et de ce lieu semblable à un navire échoué sur les sables d'un estuaire, livré à un certain abandon, et pourtant si vivant.

Ils parlaient de livres et encore de livres, des romans gothiques d'Horace Walpole et des *Gens de Dublin* de Joyce, des récits fantastiques d'Italo Calvino et des proses brèves, énigmatiques, de Robert Walser, des *Notes de chevet* de Sei Shônagon, de la poésie de García Lorca et de celle des poètes persans du XIIe siècle. Soliman abandonna son pinceau pour réciter des vers de Nezâmi :

Pareille à l'astre des nuits, qui t'en vas-tu visiter ?
Et ce verset de beauté, pour qui fut-il révélé ?
Un parasol d'ambre gris royal ombrage ta tête
Couverte de dais noir, sur qui donc vas-tu régner ?
Dirais-je que tu es miel ? Le miel est moins doux
    que toi,
Ou que tu ravis les cœurs ? Mais lequel vas-tu
    combler ?
Tu t'en vas et peu s'en faut que moi je rende l'âme
Ô douleur de Nezâmi...

Et Juliette colla presque le nez contre le mur, remuée par ces mots, mais remuée pourquoi, se demandait-elle tout en lissant le contour d'un chambranle, je ne suis pas amoureuse de lui, et pourtant il va partir, lui aussi, et tout cela, l'entrepôt, ces pièces, son bureau, me paraîtra vide, malgré la voix de Zaïde, ses chants, ses jeux et ses jouets que je ramasserai sur les marches de l'escalier d'incendie, malgré les passeurs et les livres, malgré…

– Vous n'aimez pas la poésie ?

Quel idiot. Il n'avait rien compris. Elle non plus, d'ailleurs. Ça devait faire partie de cette fameuse condition humaine, ce paquet reçu à la naissance – tous bouchés, au fond, imperméables aux émotions d'autrui, incapables de déchiffrer les gestes, les regards, les silences, tous condamnés à s'expliquer, laborieusement, avec des mots qui n'étaient jamais les bons.

– Si… Si, j'aime la poésie. Mais l'odeur de la peinture me donne un peu mal à la tête.

C'était cousu de fil blanc, pourtant il fonça dans le piège tête baissée, lui offrant une chaise, de l'eau, une aspirine et enfin d'aller prendre un peu l'air, ce que Juliette accepta avec reconnaissance. Elle sortit sur la galerie et marcha de long en large, observant la cour, les immeubles l'encadrant sur trois côtés et qui, pour la plupart, ne montraient que leur façade aveugle. Personne ne pouvait surveiller ce qui se passait là, c'était, en plein Paris, un refuge parfait – un refuge ou un repaire, isolé, protégé. Et de nouveau le vieux soupçon resurgissait, insidieux, Soliman lui avait-il dit la vérité, sa réclusion volontaire, ses manies en apparence inoffensives ne cachaient-elles pas autre chose ? Juliette n'osait penser à ce que pouvait recouvrir cet « autre chose », mais malgré ses efforts pour les repousser des images l'assaillaient, violentes, sanglantes, atroces, des images que toutes les chaînes de télévision avaient retransmises en boucle, et aussi ces portes défoncées, barrées par un cordon de sécurité, derrière lesquelles on apercevait un intérieur dévasté, des armes, on avait trouvé des armes et aussi des listes, des noms, des lieux. On interrogeait les voisins, il était si poli, disait une vieille dame, il bloquait pour moi la porte de l'ascenseur et portait mes paquets.

Juliette passa ses mains sur son visage avant de s'apercevoir que ses doigts étaient maculés de peinture, je vais ressembler à un pissenlit, et elle rit, d'un rire nerveux, qui voulait abolir les visions terrifiantes, la peur, tout ce qui allait lui rendre la vie impossible si elle n'y prenait garde, allons, Juliette, les terroristes ne récitent pas de poésie, ils haïssent la poésie, la musique et tout ce qui parle de l'amour. C'était un autre lieu commun, mais elle tentait de s'y raccrocher, on ne choisit pas, quand on sombre, sa planche de salut.

– Tenez, ça vous fera du bien.

Il était derrière elle, lui tendait un gobelet de verre fumé d'où montait une fine vapeur.

– C'est du thé aux épices.

– Merci, murmura la jeune femme.

Honteuse, elle plongea le nez dans la buée odorante, ferma les yeux, s'imagina loin, très loin, sur l'un de ces marchés d'Orient que les bombes avaient réduits à rien, dans un de ces jardins qui n'existaient plus que dans les contes. Elle but une gorgée.

– C'est bon, dit-elle encore.

Soliman s'était accoudé à la rambarde de fer rouillé, le regard levé vers le ciel qui lentement virait au mauve.

– Il ne fera bientôt plus assez clair pour peindre.

– On peut toujours allumer, répliqua Juliette d'une voix qui lui parut curieusement étranglée.

Il secoua la tête.

– Non. Il faut du jour. Il faut du jour, répéta-t-il en renversant la nuque, comme s'il attendait une averse de lumière.

– Soliman…

– Vous savez, dit-il sans la regarder, ils existent encore, les jardins. Ils existent *là*.

Il avait posé une main sur son front, qu'il déplaça aussitôt pour toucher son torse, à la place du cœur.

– Comment savez-vous…

– Le thé. Je ne peux pas en boire sans penser à eux.

Juliette but encore. En elle, un étrange apaisement se répandait à mesure que le liquide brûlant glissait dans sa gorge. Elle était bien et se sentait, curieusement, à sa place. Cela ne voulait pas dire que toutes les questions avaient reçu leurs réponses – comment ces simples mots, « ils existent encore », auraient-ils pu détenir ce pouvoir ? Elle ne vivait plus dans les contes ni, comme lui, dans les livres. Pas tout à fait.

Mais elle pensait pouvoir apprendre à vivre avec ses questions.

14

Quand l'homme au chapeau vert poussa la porte du bureau, Juliette éternua. Elle venait de déplacer, pour frayer un chemin plus commode aux visiteurs, l'intégralité de *La Comédie humaine* de Balzac vers une étagère qui lui paraissait assez solide pour la recevoir – une fois qu'elle en aurait ôté une collection de romans noirs, lesquels migreraient sur la tablette de la cheminée dont le foyer était déjà obstrué par un entassement de récits de voyages, dont un très curieux *Travels of Ali Bey in Morocco, Tripoli, Cyprus, Egypt, Arabia, Syria and Turkey* dans l'édition de 1816. La poussière qui flottait semblait presque solide, et l'homme enleva l'un de ses gants pour l'écarter, comme il l'eût fait d'un rideau tendu en travers de la pièce.

– Bonjour, mademoiselle, dit-il d'une voix flûtée, qui contrastait avec son embonpoint et l'expression presque sévère de son visage.

Il s'immobilisa, les sourcils froncés.

– Où est Soliman ?

Il paraissait stupéfait, un rien irrité. Juliette se redressa, tout en frottant ses mains sur son jean.

Bien inutilement. Elle était couverte de poussière des pieds à la tête.

– Il s'est absenté quelque temps, répondit-elle avec prudence.

– Absenté.

Il ne relevait pas le mot pour l'interroger, non, le répétait seulement, le mâchait, tel un mets étrange et exotique. Il se livra plusieurs fois à cet exercice, puis balaya la pièce du regard et, ayant repéré un siège libre, se dirigea vers celui-ci, l'épousseta avec soin avant de s'y installer, pinçant entre deux doigts le pli de son pantalon afin qu'il tombât rectiligne le long de ses jambes. Cela fait, il releva la tête et regarda aimablement Juliette.

– Soliman ne s'absente jamais.

C'était énoncé comme une évidence.

– Je… Il a…

La jeune femme, embarrassée, se mit à tortiller le bas de sa manche. Elle portait un pull rouge, un peu long, très usé. Elle l'avait extirpé de la pile, ce matin, parce qu'elle avait besoin de réconfort. La pluie tombait sans arrêt depuis que Soliman était parti ; Zaïde était enrhumée et grognon ; une canalisation avait cédé dans la cour, libérant une persistante odeur d'œuf pourri. Le pull rouge, quand elle s'était regardée dans la petite glace accrochée à côté de la douche, l'avait un peu réchauffée. Mais, en cet instant, il ne la protégeait pas contre sa propre timidité.

Elle se pinça, discrètement, le gras du bras.

L'homme au chapeau vert. Celui du métro, des insectes, du papier crissant.

Là, dans le bureau, entre les constructions parfois éphémères de dos et de tranches multicolores ou alternant toutes les nuances d'ivoire, du blanc cassé au jaune pisseux. En chair et en os.

C'était comme si le personnage d'un roman s'était glissé hors de son volume pour lui adresser la parole.

– Il a eu des problèmes… à régler, énonça-t-elle laborieusement. En province. Je le remplace. Provisoirement, bien sûr.

Mon Dieu, allait-elle continuer à aligner des banalités ? Elle se tut, le feu aux joues, et s'absorba dans la contemplation des baskets usées, mais confortables, qu'elle réservait aux jours de grand rangement. À dire vrai, son quotidien, depuis qu'elle habitait là, n'était fait que de cela, ou presque. Elle se sentait cernée, surveillée, presque agressée par tous ces livres – d'où venaient-ils, d'ailleurs ? Quelle source en apparence inépuisable alimentait les tours, colonnes, entassements, cartons qui semblaient chaque jour plus nombreux ? Elle en trouvait devant le haut portail de fer chaque fois qu'elle mettait le nez dehors ; butait dans des cabas gonflés, des paniers débordants et parfois éventrés, des piles tenues par une ficelle, un large élastique et même, une fois ou deux, par un ruban rouge qui donnait à ces dépôts anonymes un lustre désuet et quelque peu romanesque.

Romanesque, oui. Tout était romanesque, ici, presque trop, elle ne tiendrait plus très longtemps, il lui fallait un air moins raréfié, moins chargé de savoir et d'histoires et d'intrigues et de dialogues subtils, c'est ce qu'elle expliqua d'un trait, en sanglotant, à l'homme au chapeau vert qui, désarçonné, ôta son couvre-chef, lui tapota maladroitement l'épaule puis, pour finir, la prit dans ses bras et la berça comme une enfant.

– Ce n'est pas grave, ce n'est pas grave, répétait-il comme un mantra.

– Si, reniflait Juliette. Je suis nulle. Soliman m'a fait confiance, et je n'arrive à rien. Même pas à ranger… tout ça.

– Ranger ?

Il se mit à rire. Un curieux rire, comme rouillé. Il n'avait peut-être pas ri depuis longtemps, pensa Juliette qui fouillait ses poches à la recherche d'un mouchoir en papier. Elle s'essuya les yeux, se moucha énergiquement et se redressa enfin.

– Désolée.

– Pourquoi ?

– Euh… parce que… on ne se connaît pas. Vous devez penser que je suis complètement hystérique.

Un sourire s'épanouit sur la large face de l'homme, un sourire qui étira aussi ses yeux, dont les iris brillants disparurent presque entre les paupières à la peau fine et pâle, mouchetée de minuscules points rouges.

– Vous vous trompez, jeune fille. Premièrement, je ne vous crois pas hystérique, comme vous le dites à l'étourdie. Je ne vous en veux pas, d'ailleurs ; nous ne savons jamais ce que nous mettons dans les mots destinés à décrire les symptômes ou les affections dont nous souffrons. Secondement, car il n'y aura pas de troisième point, nous nous connaissons très bien. Beaucoup mieux, en vérité, que vous ne le croyez vous-même. Vous savez, ajouta-t-il, vous n'êtes pas la seule à regarder ce que les gens lisent dans le métro.

15

Une demi-heure plus tard, Juliette et Léonidas – il portait vraiment ce prénom qui évoquait irrésistiblement, pour elle, une montagne de chocolats, de fruits confits et de napolitains – avaient partagé un croissant aux amandes qui restait du petit déjeuner et un café en poudre, car la jeune femme refusait de toucher à la machine compliquée inventée par Soliman pour confectionner le noir nectar dont il buvait au moins douze tasses par jour. À regarder le chapeau vert posé sur une dizaine de romans anglais, le manteau suspendu à une patère calée – il lui manquait un pied – par les œuvres méprisées d'une romancière américaine à gros tirage, les volutes de la pipe qui nimbaient le plafond d'un dais bleuâtre aux plis mouvants, on aurait pu penser que le visiteur était le véritable occupant des lieux, et Juliette une stagiaire nerveuse et trop désireuse de bien faire.

– Il faut que je classe tout ça, expliquait-elle. Je ne m'en sors plus. Les passeurs arrivent, je leur donne un sac de livres au petit bonheur, piochés ici ou là… là où je ne peux plus du tout circuler, en fait. J'ai l'impression de faire tout de travers. Je… je ne sais pas comment Soliman procédait, lui. Je veux dire, comment il choisissait les livres.

Léonidas ne répondit pas à cette interrogation déguisée ; il réfléchissait, les sourcils froncés, tirant de sa pipe des bouffées de plus en plus épaisses.

– Le problème, ma chère enfant, n'est pas tant de savoir comment il les choisissait, mais de quelle manière il les rangeait. Et de quelle manière les livres choisissaient, eux, de sortir.

Ils passèrent la fin de l'après-midi à explorer le bureau et la grande pièce attenante, dans laquelle Juliette n'avait pas encore osé s'aventurer. C'était une salle aux murs nus qui prenait jour par deux fenêtres placées juste sous le plafond, plus larges que hautes, et qu'une chaînette permettait d'entrouvrir. Mais les vitres étaient si sales que la clarté dispensée était tout juste suffisante pour ne pas se cogner l'un à l'autre.

Là, aucun rayonnage, ni même ces bibliothèques bricolées avec des caisses de fruits que Soliman semblait affectionner.

Juste des livres. Des livres posés contre les murs, sur deux, trois, parfois quatre rangs. Le centre de la pièce était vide.

– Eh bien, constata Léonidas avec satisfaction, on dirait que Soliman avait commencé ce travail qui vous paraît insurmontable. Nous allons trouver ici une orientation, comment dirais-je… une ligne directrice. Très certainement.

Et il hocha la tête par deux fois, tout en soufflant un énorme rond de fumée. Juliette courut tirer la chaînette la plus proche pour laisser entrer, au moins, un peu d'air.

– Une ligne directrice.

Elle avait essayé pour une fois de ne pas donner à sa voix cette inflexion interrogative qui la rangerait définitivement, aux yeux de cet amateur d'éditions rares, parmi les perruches sans cervelle.

– Voyez-vous, dit Léonidas, le rangement des livres a une histoire au moins aussi intéressante que celle des livres eux-mêmes. J'ai connu un homme…

Se ravisant, il poursuivit :

– Peut-être ne l'ai-je pas réellement connu. Disons que j'ai lu un livre dont il était le personnage principal – mais c'est une bonne façon de connaître les gens, n'est-ce pas ? Peut-être la meilleure. Eh bien, cet homme évitait de mettre sur la même étagère deux volumes dont les auteurs ne s'entendaient pas, même au-delà de la mort… Savez-vous qu'Érasme, pour avoir raillé Cicéron, fut condamné à verser cent écus aux pauvres par un juge de Vérone ? Shakespeare et Marlowe s'étaient accusés mutuellement de plagiat, Céline traitait Sartre de « petite fiente », Vallès jugeait Baudelaire cabotin. Quant à Flaubert, il maniait l'éloge à double tranchant : « Quel homme eût été Balzac s'il eût su écrire ! » Écrire n'a jamais dispensé d'être jaloux, mesquin ou langue de pute – pardonnez-moi. Je ne m'exprime pas ainsi, généralement, mais là, je ne vois pas quoi dire d'autre.

Juliette lui jeta un regard en coin et se mit à rire. Cet homme lui faisait du bien. Un érudit placide, une sorte d'oncle comme on en trouve dans les vieux romans, de ceux qui vous prennent sur leurs genoux et vous laissent jouer avec leur chaîne de montre à breloques quand vous êtes petite, et vous fournissent un alibi, plus tard, lorsque vous ne rentrez pas de la nuit. Elle aurait aimé le connaître plus tôt.

Il parlait des livres comme d'êtres vivants – d'anciens amis, de redoutables adversaires parfois, certains faisant figure d'adolescents provocateurs et d'autres de vieilles dames piquant leur tapisserie au coin du feu. Il y avait dans les bibliothèques, selon lui, des savants grincheux et des amoureuses, des furies déchaînées, des tueurs en puissance, de minces garçons de papier tendant la main à de fragiles jeunes filles dont la beauté se désagrégeait à mesure que changeaient les mots pour la décrire. Certains livres étaient des chevaux fougueux, non dressés, qui vous emportaient dans un galop effréné, le souffle coupé, cramponnés tant bien que mal à leur crinière. D'autres des bateaux voguant paisiblement sur un lac par une nuit de pleine lune. D'autres encore, des prisons.

Il lui parla des auteurs qu'il préférait, de Schiller qui n'écrivait jamais sans avoir placé des pommes pourries dans le tiroir de son bureau, pour se forcer à travailler plus vite, et qui plongeait ses pieds dans un bac d'eau glacée afin de se tenir éveillé la nuit ; de Marcel Pagnol, si passionné de mécanique qu'il avait déposé le brevet d'un « boulon indéboulonnable » ; de Gabriel García Márquez qui, pour subsister pendant qu'il écrivait *Cent ans de solitude*, avait vendu sa voiture, son radiateur, son mixeur et son sèche-cheveux ; des fautes d'accord d'Apollinaire, Balzac, Zola et Rimbaud, fautes qu'il leur pardonnait de grand cœur et même relevait avec une certaine gourmandise.

– J'adore vos histoires, dit enfin Juliette – la nuit était tombée depuis longtemps, Zaïde devait avoir faim, et elle-même ressentait des tiraillements désagréables dans la région de l'estomac – mais je ne vois pas ici le début de ce que vous appelez « une ligne directrice ». Je ne sais toujours pas par où commencer. Par les écrivains qui font des fautes de grammaire ? Par ceux qui ont un hobby, une prédisposition à la folie ? Par les voyageurs, les sédentaires, les reclus ?

Léonidas mâchonna le tuyau de sa pipe dont le fourneau s'était vidé depuis longtemps, et hocha la tête en soupirant.

– Moi non plus, à dire vrai. Mais ce n'est pas grave. Allez dormir, mon petit. Demain, les choses peuvent vous apparaître sous un jour tout à fait nouveau.

Il réfléchit encore quelques secondes.

– Ou pas.

– Ce n'est pas très encourageant…

– Rien ne l'est, dans la vie. C'est à nous de glaner des encouragements là où notre œil, ou notre enthousiasme, notre passion, notre… ce que vous voulez est capable de les dénicher.

Il lui tapota la joue d'un air indulgent.

– Et vous en êtes capable. J'en suis sûr.

16

Le lendemain, Juliette se tint à distance des livres et laissa le bureau fermé. De la galerie, elle vit un passeur franchir le portail et tenter d'ouvrir la porte vitrée, puis y coller son nez, une main en visière au-dessus des yeux, mais elle ne se montra pas. Zaïde était toujours malade, un peu fiévreuse, somno-lente ; elle l'avait laissée avec tout un peuple de petites poupées de tissu, manifestement confection-nées à la main, auxquelles la fillette contait des his-toires inintelligibles en les couchant l'une après l'autre le long de sa joue, sur l'oreiller.

En regardant les poupées, elle avait pensé à la mère de Zaïde. Était-elle morte ? Est-ce qu'elle lui manquait ? Est-ce que l'absence d'une mère pouvait être comblée ? C'était une question effrayante, dans le sens où la seule réponse qui paraissait aller de soi était : non. Juliette se fit du thé, une théière entière, remplit une tasse, et s'installa pour la boire loin des fenêtres, des murs de la cour, loin de la moindre échappée sur l'extérieur. Il lui fallait un cocon, douillet, tranquille et silencieux.

Au fond, elle avait toujours vécu comme ça. Se lovant dans la moindre niche à sa portée. La maison de ses parents, en banlieue, une banlieue calme où le bruit d'un scooter passant dans la rue était considéré par les résidents comme une nuisance insupportable ; la petite école du quartier, le collège situé deux rues plus loin, le lycée professionnel où elle avait passé, sans plaisir et sans révolte, un bac option commerce, puis un BTS. Elle aurait pu aller plus loin, dans l'espace, en tout cas, franchir au moins le périphérique, ne pas se satisfaire des filières que proposait le petit établissement où sa mère avait été longtemps l'efficace et discrète secrétaire du proviseur. Elle n'avait pas osé. Non, en fait, elle n'en avait même pas eu envie.

D'avoir peur, de redouter l'immensité et la diversité du monde, sa violence aussi, elle n'avait jamais eu conscience.

La maison, l'école, le collège, le lycée. Et enfin l'agence. L'agence située à douze stations de métro du studio acheté grâce à l'héritage de sa grand-mère.

« Tu n'auras même pas à changer de quai, avait constaté sa mère, approbatrice. Ça te simplifiera la vie, ma chérie. »

Pour être simple, elle l'était, la vie de Juliette. Elle se levait tous les matins à sept heures et demie, prenait une douche, mangeait sur le comptoir de sa kitchenette quatre biscottes, pas une de plus, tartinées de fromage blanc, buvait un verre de jus de pomme, une tasse de thé, et partait travailler. À midi, elle déjeunait parfois avec Chloé au resto vietnamien du coin de la rue – cela arrivait à peu près deux fois par

mois, sauf quand elles avaient conclu une vente intéressante, auquel cas elles se permettaient un extra –,
sinon elle mangeait la salade qu'elle avait préparée
la veille au soir et à laquelle elle ajoutait au dernier
moment la sauce apportée dans un petit bocal de
câpres soigneusement vidé et lavé. Elle avait toujours une pomme sur son bureau, et un sachet de
petits-beurre pour l'heure du goûter. Le soir, elle
rentrait chez elle, faisait un peu de ménage, dînait en
regardant la télévision. Le vendredi soir, elle allait
au cinéma, le samedi à la piscine, et le dimanche elle
déjeunait chez ses parents puis les aidait dans les
travaux de jardinage qui meublaient à la fois leur
temps et leurs conversations.

Des hommes étaient parfois venus troubler cette
routine. Oh, pas bien longtemps. Ces hommes
étaient comme une eau courante, ils lui glissaient
entre les doigts, elle ne savait pas quoi leur dire, ses
caresses étaient maladroites, elle sentait bien qu'ils
s'ennuyaient, sous sa couette rayée, une fois la
secousse du plaisir estompée.

Quand ils la quittaient, elle pleurait plusieurs
jours, enfouissant son nez dans l'écharpe de sa
grand-mère, cette écharpe bleue où elle aimait penser qu'une trace, même infime, du parfum de la
femme qui l'avait tricotée s'attardait. Bien entendu,
il n'en était rien. L'écharpe sentait la lavande industrielle, à cause de la lessive, car il fallait bien la laver
de temps en temps ; le chili, seul plat que Juliette se
risquait parfois à confectionner, et l'eucalyptus qui
imprégnait les mouchoirs en papier de la marque
que sa mère avait toujours achetée.

Sa mère était morte deux ans plus tôt, un beau soir de printemps, alors qu'elle se relevait victorieuse d'une plate-bande qu'elle venait de désherber. Le panier contenant les herbes folles s'était renversé, elle aussi, les yeux ouverts, fixant le ciel. Elle n'avait même pas eu le temps d'appeler son mari qui, non loin de là, éclaircissait des semis de carottes.

Et elle lui manquait. Oh oui, elle lui manquait. Elle s'était toujours efforcée de tout aplanir sous les pas de sa fille, la guidant vers les routes les plus sûres, celles où l'on ne rencontrait ni obstacles ni épreuves. Ni aventures. Ni aucune espèce d'imprévu. Rien qui puisse la blesser profondément, rien non plus qui puisse l'exalter, la porter au-delà d'elle-même, de ses certitudes hésitantes, de son existence presque cloîtrée, douce et monotone.

Pourquoi Juliette s'était-elle laissé faire? Ils s'étaient presque tous laissé faire – il n'y avait pas beaucoup de rebelles là où elle vivait. Oh, bien sûr, certains fumaient des joints en soirée ou commettaient de petits délits, comme le vol d'un CD au centre commercial ou un tag maladroit sur le mur d'un pavillon –, mais ce n'était pas de la rébellion. Ils manquaient, tous, de colère. Et d'enthousiasme.

Ils manquaient de jeunesse.

Sa grand-mère, elle, avait lutté pour le droit à l'avortement, pour la parité homme-femme, pour les droits civiques des Noirs américains, contre les centrales nucléaires, les délocalisations, les massacres au Vietnam et la guerre en Irak. Toute sa vie, elle avait distribué des tracts, participé à des manifestations, signé des pétitions et mené d'interminables discussions passionnées sur la ou les manières de changer le monde, les hommes, la vie. La mère de Juliette disait en souriant : « Maman est un vrai cliché. » Et c'était vrai, elle aurait pu figurer dans un film sur les années soixante-dix, cette femme qui vivait dans une petite ferme retapée d'un minuscule village des Pyrénées, ne portait que des fibres naturelles, était devenue végétarienne bien avant les bobos parisiens, lisait Marx (qui lisait Marx ?) et cultivait du cannabis sous la fenêtre de sa chambre.

Et tricotait d'immenses écharpes pour tous ceux qu'elle aimait.

La tasse de Juliette était vide. Elle la remplit et trempa ses lèvres dans le liquide tiède. Le thé de Soliman, vite devenu son préféré. En respirant la buée légère, elle pensait, ce jour-là, à des caisses d'orangers, à des terrasses, à la caresse de la brume marine, à de blanches colonnes brisées, à l'Italie qu'elle n'avait jamais vue, sauf à travers ses lectures.

Fallait-il, se demanda-t-elle en fixant une araignée qui, dans un coin du plafond, tissait prestement une toile presque invisible, voyager dans les pays qu'on avait aimés en lisant ? Ces pays existaient-ils, d'ailleurs ? L'Angleterre de Virginia Woolf avait disparu aussi sûrement que l'Orient des *Mille et Une Nuits* ou la Norvège de Sigrid Undset. À Venise, l'hôtel où séjournaient les personnages du roman de Thomas Mann ne subsistait plus qu'à travers les somptueuses images de Luchino Visconti. Et la

Russie… De la troïka des contes, qui glissait inlassablement dans la steppe, on voyait des loups, des cabanes montées sur des pattes de poule, d'immenses étendues enneigées, des bois noirs pleins de périls, des palais féeriques. On dansait devant le tsar sous les lustres de cristal, on buvait le thé dans des bols d'or, on se coiffait de toques de fourrure (quelle horreur!) faites avec la peau d'un renard argenté.

Que retrouverait-elle de tout cela, si elle prenait l'avion pour visiter l'une de ces parties du monde – contrées confuses, aux frontières mouvantes, où elle avait couvert, en un éclair, des distances presque inconcevables, où elle avait laissé les siècles glisser sur elle, virevolté parmi les constellations, parlé aux animaux et aux dieux, pris le thé avec un lapin, goûté la ciguë et l'ambroisie? Où se cachaient-ils, ses compagnons, le comte Pierre de *Guerre et Paix*, l'espiègle Alice, Fifi Brindacier, assez forte pour soulever un cheval, Aladdin et Crazy Horse, et Cyrano de Bergerac, et aussi toutes ces femmes dont elle avait rêvé et ressassé les destins et les passions, se dispensant, du même coup, d'en éprouver elle-même? Où étaient Emma Bovary, Anna Karénine, Antigone, Phèdre et Juliette, Jane Eyre, Scarlett O'Hara, Dalva et Lisbeth Salander?

Au fond, elle comprenait Soliman. Lui au moins ne faisait pas semblant de mener une vie «normale». Il s'était retranché, volontairement, dans une forteresse de papier dont il envoyait, régulièrement, des fragments à l'extérieur, comme autant de bouteilles à la mer, de gestes d'offrande et d'affection destinés à ses semblables, ceux qui affrontaient, hors les murs, la vraie vie.

Si ces mots avaient un sens.

Bon, elle avait mal à la tête, à présent. Peut-être le rhume de Zaïde était-il contagieux. Ou alors c'était la poussière, ces kilos de poussière qu'elle avait respirés ces derniers jours.

Il reste la poussière. C'était le titre d'un roman flambant neuf qu'elle avait vu trôner sur l'une des piles, à côté de la table de travail de Soliman. Un roman noir, d'après la couverture. Pour un jour de pluie, de rhume, de petite déprime, c'était peut-être le meilleur remède.

C'était aussi une belle phrase de conclusion pour des pensées, ou des rêveries, aussi décousues que les siennes.

17

– J'aurais voulu vous parler des araignées.

L'homme au chapeau vert sursauta, et son thé déborda sur la soucoupe. Juliette se précipita, une serviette en papier à la main. Il l'éloigna d'un geste – toujours ce sourire, se dit-elle, le sourire du chat d'*Alice au pays des merveilles*. Aimable et distant à la fois. Devant lui, elle se sentait trop jeune, maladroite, brouillonne, avec « des mains qui fuient », comme disait sa grand-mère, des mains qui laissaient tout échapper, qui ne savaient pas épouser la forme des objets, les dompter ou les cajoler. Même là, elle avait l'impression d'avoir renversé elle-même le thé, et peut-être l'avait-elle fait, par sa question incongrue.

C'était à cause du livre, du livre sur les insectes qu'il lisait dans le métro – la première fois qu'elle avait remarqué son manège, elle l'avait pris pour un collectionneur ou un chercheur. Elle n'avait pas pensé « complètement perché, ce type », mais… si, en fait, elle l'avait pensé.

Et maintenant il était là.

Il venait presque tous les jours. Toquait doucement à la porte du bureau vers 15 h 47 ou 15 h 49

– Juliette supposait que cette régularité dépendait de celle des rames de métro. La ligne 6 lui manquait, avec ses points de repère familiers, la vedette du ministère des Finances amarrée sous son porche fluvial, la ligne ondulante, vert pré, des docks sur l'autre rive, les verrières des stations aériennes, la petite école maternelle au toit couvert de tuiles, une vraie maison isolée au milieu des immeubles de plus en plus hauts qui la surplombaient – elle l'avait souvent regardée avec un pincement d'une nostalgie dont elle ignorait la cause –, les fresques de la porte d'Italie sur les pignons aveugles des ensembles construits dans les années soixante-dix, le pont de Bir-Hakeim, la station Passy et ses allures de gare de province...

Lui manquaient aussi ces inconnus à qui elle avait donné des livres au titre masqué par les cartons colorés de Zaïde, ces gens à qui cette couverture avait promis bonheur et métamorphose, et qu'elle aurait aimé revoir, pas forcément pour les interroger, non, la lecture était quelque chose de très intime et de très précieux, mais pour les regarder, pour guetter sur leur visage l'indice d'un changement, d'un mieux-être, d'une joie, même éphémère. C'était idiot, peut-être.

– Est-ce que c'est idiot ? demanda-t-elle à Léonidas après lui avoir fait part de ses réflexions.

– Je croyais que nous devions parler des araignées...

– Aussi. Vous êtes un spécialiste des insectes...

– Pas vraiment. Mais je ne me lasse pas de les contempler. Jamais, dans aucun être vivant, le dessein de la Nature n'a, à mon sens, abouti à une telle perfection.

– C'est pour cela que vous lisiez toujours le même livre ? Dans le métro ?

– Oui. Au fond de la honte que m'inspirait ma propre lâcheté et de la souffrance de mon amour muet, j'avais besoin d'être apaisé. Quoi de plus apaisant que la structure des élytres du modeste *Gryllus campestris*, ou grillon champêtre ?

Gêné, il remua sur son siège.

– Assez parlé de moi. Par quoi voulez-vous commencer ?

– Par les araignées. Pourquoi montent-elles dans les canalisations ? Pourquoi quittent-elles un endroit sûr pour un autre bien plus dangereux ?

Léonidas croisa et décroisa plusieurs fois ses mains blanches, très soignées. Chacun de ses ongles était parfaitement limé.

– Cette question ne s'applique pas qu'aux araignées, finit-il par répondre. Je pourrais vous faire une petite conférence sur les mœurs de ces insectes, mais j'ai l'impression que ce n'est pas ce que vous recherchez. Je me trompe ?

Le débit de Juliette se précipita alors, les mots se bousculèrent, elle avait besoin de tout dire, pêle-mêle, son désarroi face à cette nouvelle vie qu'elle apprivoisait lentement, trop lentement, cette vision claire, impitoyable, qui lui avait soudain montré la banalité de son existence d'avant, ses doutes, ses peurs, ce soupçon d'espoir obstiné qui, peut-être, se nichait entre les pages de ces innombrables livres impossibles à classer.

114

– Moi aussi, dit-elle, j'étais couverte de poussière. Elle s'était accumulée sans que je la sente, vous comprenez ?

– Je crois, répondit Léonidas. Et maintenant ?

Elle ferma un instant les yeux.

– Tout cela (elle leva la main comme pour lui montrer la pièce où ils se trouvaient et, au-delà, la réserve, la cour, l'escalier de fer branlant, les pièces qui s'ouvraient sur la galerie, le rectangle de ciel dominant les murs et les toits voisins) a soufflé sur moi comme un grand vent glacé. Je me sens nue. J'ai froid. J'ai peur.

Elle l'entendit remuer. Doucement, il posa une main sur son front. Cela lui rappela les gestes de sa grand-mère, quand elle allait la voir dans les Pyrénées, l'hiver, et qu'elle attrapait un rhume pour avoir trop joué dans la neige avec ses chaussures mouillées.

– Félicitations…

Juliette crut avoir mal entendu. De quoi la félicitait-il ? En quoi avait-elle mérité des éloges ? La main, légère, ne s'attarda pas sur sa peau. Elle la sentit s'éloigner. Léonidas avait repris sa place dans le fauteuil, qui craqua. Elle n'osait pas soulever les paupières. Pas encore. Peut-être avait-elle confondu sincérité et ironie. Peut-être…

Au diable tous les « peut-être » !

Elle le regarda. Caressés par la fumée bleue qui s'échappait du fourneau de sa pipe, les traits de l'homme ondoyaient, changeaient : c'était le génie de la lampe, le lutin qui surgit, malicieux, d'une braise ou d'un marais ponctué de lumières pâles, sautillantes.

Léonidas ôta la pipe de sa bouche, l'éleva à hauteur de sa tempe et, doucement, frappa celle-ci avec le tuyau.

– Avoir peur est une bonne chose, reprit-il, paisible. Vous commencez à comprendre que le grand rangement que vous projetez – et contre lequel je n'ai aucun argument à élever, croyez-moi – ne doit pas avoir lieu entre ces murs.

– Où, alors ?

Elle ne reconnaissait pas sa propre voix, fébrile, avide.

– Là. Dans ce que vous appellerez à votre gré l'esprit, la tête, le cœur, l'entendement, la conscience, les souvenirs… Il y a bien d'autres mots. Tous insuffisants, à mon avis. Mais ce n'est pas cela qui importe.

Il prit appui sur les accoudoirs et se pencha un peu vers elle.

– C'est en vous que tous ces livres doivent trouver leur place. En vous. Nulle part ailleurs.

– Vous voulez dire… que je dois tous les lire ? Tous ?

Comme il ne répondait pas, elle s'agita, puis croisa les bras sur sa poitrine dans un geste de protection.

– Et quand bien même j'y arriverais… que se passera-t-il, après ?

Léonidas rejeta un peu la tête en arrière et produisit un rond de fumée d'une rondeur parfaite, qu'il observa rêveusement tandis qu'il se déformait en rejoignant le plafond.

– Vous les oublierez.

18

Alors, elle se mit à lire. Une autre routine s'établit : elle se levait tôt, préparait le petit déjeuner de Zaïde et vérifiait son cartable, descendait sur ses talons l'escalier de fer qui résonnait sous leurs semelles, lui adressait un signe de la main tout en maintenant le lourd portail entre les battants desquels elle glissait le « coucou » qui avait remplacé le précédent, à présent délité en lambeaux humides, puis entrait dans le bureau.

Les livres étaient là. Ils l'attendaient. Juliette avait appris à naviguer entre les piles, souplement, à éviter les angles des cartons, à frôler les bibliothèques sans provoquer d'écroulements. Elle ne ressentait plus cette sensation d'étouffement qui parfois l'avait forcée à quitter la pièce, puis la cour, et à marcher à grands pas dans les rues, les bras croisés sur sa poitrine pour se protéger du vent coupant. L'amas de volumes était devenu une présence amicale, une sorte d'édredon moelleux dans lequel elle aimait prendre ses aises. Elle croyait même, quand elle avait refermé la porte vitrée derrière elle, entendre une sorte de bourdonnement, une vibration plutôt, qui montait des pages, l'appelait. Elle s'immobilisait, retenant son souffle, et attendait. L'appel était plus fort de ce côté – non, de cet autre. Cela venait de la cheminée obturée, ou bien de ce recoin obscur derrière l'escabeau. Elle s'approchait alors, avec précaution, la main tendue pour caresser les dos cartonnés ou gainés de cuir fatigué. Puis elle s'immobilisait.

C'était *là*. C'était *celui-là*.

Juliette avait compris dès le premier jour qu'elle ne serait pas capable de faire elle-même un choix parmi les milliers de livres accumulés par Soliman. Elle s'en était donc remise à la sélection aléatoire déjà expérimentée lors de ses « passages » dans le métro. Il suffisait d'attendre. De rester tranquille. Si elle ne pouvait voir l'intérieur des livres – ces millions de phrases, de mots, qui grouillaient comme des colonies de fourmis –, les livres, eux, la voyaient. Elle s'offrait à eux. Une proie facile, qui reste à découvert sans tenter de fuir ou de se défendre, suscite-t-elle la méfiance du prédateur ? Devait-elle réellement voir les livres comme autant de petits fauves rêvant de sortir de leurs cages de papier, de se précipiter sur elle, de la dévorer ?

Peut-être. Cela n'avait aucune importance. Elle avait *envie* de se faire dévorer. Une envie qui la tenait éveillée la nuit, la poussait hors du lit à l'aube, la retenait, tard le soir, sous la lampe de style industriel qu'elle avait achetée au vide-greniers de l'avenue voisine – jamais elle ne s'était aventurée jusque-là, avant, se contentant de faire ses courses à l'épicerie du coin de la rue.

Elle lisait à plat ventre sur son lit, accroupie contre la rambarde de la galerie quand un rayon de soleil réchauffait l'atmosphère, elle lisait les coudes sur le bureau de Soliman et sur la table de la cuisine où elle préparait les repas de Zaïde, elle lisait en retournant, d'un geste vif, les steaks hachés dans la poêle, en fricassant des champignons, en tournant une béchamel. Elle avait même trouvé une position, certes douloureuse, qui lui permettait de lire en épluchant des légumes ; il suffisait pour cela de caler le livre au creux de son bras et de tourner les pages avec une fourchette glissée entre ses lèvres. C'était enfantin, si on y pensait. Elle lisait dans son bain, comme la cliente de Chloé (avait-elle fini *Rebecca* ? La fin du roman avait-elle signé la fin de son bonheur dans l'appartement mal agencé dont le prestige d'une histoire d'amour lui avait caché les imperfections ?), en buvant son café et même en recevant les passeurs, jetant à la page entamée des coups d'œil intermittents et avides tandis qu'elle poussait vers l'un ou l'autre une pile de livres récoltés ici ou là – avec un sourire d'excuse en prime.

Juliette se glissait dans chaque histoire comme dans une mue brillante et neuve ; sa peau s'imprégnait de sel et de parfum, du natron utilisé pour conserver aux membres de Tahoser, l'héroïne du *Roman de la momie*, toute leur souplesse, des caresses d'un inconnu rencontré à bord d'un navire, de pollens venus d'arbres poussant à l'autre bout de la terre, parfois du sang jailli d'une blessure. Ses oreilles étaient saturées des clameurs des gongs, de la stridulation des flûtes antiques, du claquement des paumes qui rythmaient une danse ou saluaient un discours, du chuintement des vagues roulant, dans leur ventre glauque, des galets arrondis. Ses yeux brûlés de vent, de larmes, du fard épais des courtisanes. Ses lèvres gonflées par mille baisers. Ses doigts recouverts d'une invisible poudre d'or.

De ces lectures désordonnées, elle émergeait parfois nauséeuse, le plus souvent ivre d'espace, de passion, de terreur. Ce n'était plus elle qui, à cinq heures moins le quart, accueillait Zaïde à la porte de la cuisine : c'était Salammbô, c'était Alexandre, Sancho Pança ou le baron perché, la terrible lady Macbeth, la Charlotte de Goethe, Catherine Earnshaw – et parfois Heathcliff.

– Raconte, exigeait la fillette.

Et Juliette racontait, tout en lui beurrant trois tartines, pas une de plus, pas une de moins. Tartines que la fillette dégustait à petites bouchées – il fallait faire durer le plaisir.

– Tu es comme Soliman, remarqua-t-elle le cinquième jour.

Juliette avait remarqué qu'elle ne disait jamais « papa ». Zaïde était, à ses yeux, une adulte minuscule, bien trop sérieuse parfois, et d'une logique implacable.

– Pourquoi comme Soliman ?

– Il dit toujours qu'il est allé au bout de la terre sans bouger de sa chaise. Tu vas faire pareil ? Tu ne sors plus. Tu te balades dans ta tête. Je ne pourrais pas, moi.

– Pourtant, tu aimes les histoires, répliqua Juliette, qui plongea son doigt dans le pot de confiture de framboises et le lécha, oubliant qu'elle était censée donner l'exemple des bonnes manières.

– Oui, parce que…

Zaïde cala son menton sur son petit poing et se mit à réfléchir, les sourcils froncés. Cette expression rendait sa ressemblance avec son père si frappante que Juliette s'en trouva remuée – troublée. Soliman lui manquait. Elle n'avait aucune nouvelle, elle commençait à s'inquiéter.

– Parce que les histoires me donnent envie d'avoir des aventures, moi aussi, dit enfin la fillette. Mais je ne peux pas, parce que je suis trop petite encore. Vous, vous n'aimez pas les aventures, accusa-t-elle.

– Bien sûr que si !

– Tu rigoles. Je parie que tu aurais peur, maintenant, dans le métro.

Juliette leva sa main droite, présentant sa paume à Zaïde.

– Tu veux parier ? Même pas peur.

– Parier, ça dépend quoi, répondit l'enfant avec malice. Les paris des adultes ne sont pas drôles. Je parie un voyage.

Juliette, surprise, haussa un sourcil.

– Un voyage ? Mais je ne sais pas si…

– Un voyage n'importe où. Dans le chantier derrière l'école. Du côté des grandes tours que j'ai vues un jour en allant chez le dentiste. N'importe où. Un voyage, c'est quand on va dans un endroit qu'on ne connaît pas, ajouta-t-elle.

– D'accord, murmura la jeune femme, le cœur serré.

– Et toi, tu paries quoi ?

Juliette déglutit. Elle n'allait tout de même pas fondre en larmes devant ce petit bout de femme qui rêvait de lointains si proches, comme si sortir de son quartier était un présent rare.

– La même chose.

Le merveilleux sourire que lui adressa Zaïde fut à la fois une récompense et une punition.

– Demain, affirma-t-elle, je reprendrai le métro.

– Tu feras toute la ligne.

– Toute la ligne, juré. Dans les deux sens.

– Plusieurs fois ?

– Plusieurs fois, si tu veux. Pourquoi ?

– C'est mieux, tu verras.

Décidément, cette gamine ressemblait beaucoup trop à son père.

19

Zaïde ne s'était pas trompée, Juliette le comprit dès l'instant où elle grimpa, essoufflée, les escaliers menant au quai : elle avait la trouille. Son cabas, à son épaule, pesait : elle avait emporté quatre livres, dont un très épais, un russe, probablement, elle n'avait pas regardé le titre. Ce poids la rassurait, l'ancrait entre les corps qui se pressaient autour d'elle. Elle avait oublié à quel point ils étaient nombreux. Oublié les parfums parfois agressifs, les piétinements, les grommellements, les regards détournés quand passait, toutes les deux ou trois stations, un SDF tendant la main ou débitant d'une voix monocorde la supplique répétée dans chaque wagon. Oublié les trépidations, les claquements, les tintements, la gueule noire des tunnels, l'afflux soudain de lumière quand la rame émergeait sur les viaducs, quand un rayon de soleil se réfléchissait sur une fenêtre ou une façade et balayait les visages.

Calée contre une fenêtre, elle oscillait au même rythme que les autres. Elle avait ouvert l'un de ses livres, un roman très noir qui aspirait son attention à la manière d'un vortex ; de temps à autre, dans un sursaut, elle s'en échappait, quand un bras ou un coude la frôlaient, quand un rire trop aigu retentissait dans l'espace étroit, quand la basse obstinée grésillant dans les écouteurs d'un voyageur se mêlait aux sons qu'elle imaginait en lisant.

Elle lut ainsi jusqu'au bout de la ligne, sans craindre de rater son arrêt, pour une fois ; c'était insolite, mais confortable.

Nation. Elle resta seule, sans lever les yeux des pages qu'elle tournait. Puis la rame repartit, dans l'autre sens, cette fois. Elle n'avait pas changé de place. Et la ville se déployait à nouveau sous son regard distrait – elle gardait un doigt entre deux pages, les séparait, souvent, retrouvait son personnage, blond, mince, innocemment cruel – et assoiffé d'amour[1]. Les caves où il combattait se superposaient aux images qui tremblaient dans les vitres fouettées de pluie, déformées, anguleuses, leurs couleurs se mélangeant, laissant naître un scintillement trompeur, fugace.

Une ville ou plutôt son image inversée, la même, et le même côté de la voie, Juliette n'y avait jamais fait attention auparavant mais elle avait toujours préféré avoir la Seine sur sa droite quand elle allait vers l'Étoile, elle regardait toujours par là, et le soir elle s'asseyait de manière à laisser son regard filer sur le flot en tournant la tête à gauche, dans le sens de la marche.

– Tu es vraiment dingue.

Juliette sursauta. Elle aurait pu prononcer elle-même ces mots, elle les avait peut-être même formulés en pensée, mais la voix était celle de Chloé.

1. Paola Barbato, *À mains nues*, Denoël, 2014.

Chloé, installée en face d'elle, en tailleur d'un vert acide, avec un foulard rose et un gloss assorti.

– J'ai essayé dix mille fois de t'appeler.

Juliette repoussa l'image du téléphone portable enterré sous les piles non encore rangées du *Grand Larousse du XIXe siècle* en quinze volumes, une rareté reliée en cuir pleine fleur.

– J'ai… Je crois que je n'ai plus de batterie.

Ce n'était même pas un mensonge. Ce qui ne l'empêchait pas de se sentir coupable.

– Ça fait une heure que je te suis, dit Chloé. Tu es allée jusqu'à Nation, le nez dans ton bouquin, et maintenant tu reviens. Qu'est-ce que tu trafiques ? Tu bosses pour la RATP ? Tu fais des enquêtes, c'est ça ? Tu écris des trucs dans la marge ? Note que je préférerais, parce que sinon, tu es bonne pour SOS Psy, ma biche.

Juliette ne put s'empêcher de sourire. Chloé, elle aussi, lui avait manqué. Ses cheveux fous, ses dents irrégulières, son sourire, ses talons vertigineux et ses remarques à l'emporte-pièce. Même ses compulsions d'achat sur Internet et son goût vestimentaire désastreux – tout cela lui avait manqué.

– Tu ne m'en veux plus ? interrogea-t-elle avec une pointe d'anxiété.

– T'en vouloir ? Pourquoi ?

– Pour les livres.

– Quels livres ? Ah, ceux-là… Bien sûr que non, je suis passée à autre chose, choupinette. Il n'y a que toi pour accorder de l'importance à…

Chloé fronça soudain les sourcils, comme si un souvenir à demi enfoui lui revenait en mémoire.

– Maintenant que tu le dis… Tu m'avais laissé un livre en partant. Sur mon bureau. C'est bien ça ?

– Oui, répondit Juliette. Tu l'as lu ?

– Plus ou moins. Enfin, si.

Elle regarda les autres passagers, fit la moue, puis chuchota, une main contre sa bouche :

– Oui, je l'ai lu. En entier, même.

– Et alors ?

Juliette avait peur de se montrer trop pressante, mais elle grillait de curiosité.

Chloé se redressa et fit bouffer son foulard en se rengorgeant.

– Et alors j'ai démissionné.

– Toi aussi ?

– Moi aussi. Et tu sais quoi, j'ai eu l'impression que le bouquin était d'accord avec moi. Qu'il m'encourageait, même. Qu'il me poussait. Ça doit te paraître normal, à toi, mais moi…

Elle laissa flotter sa voix sur la dernière voyelle, les yeux écarquillés, presque effrayés, comme si elle réalisait à l'instant qu'elle avait subi une manipulation mentale, ou été hypnotisée à son insu.

– Et tu fais quoi, maintenant ? demanda Juliette, un brin inquiète.

Avec Chloé, on pouvait s'attendre à tout : elle avait monté sa boîte pour promener les NAC du XVIe arrondissement, spécialité lézards géants ; elle présentait des modèles de lingeries SM, elle organisait des visites dans les égouts de Paris avec bruitages, elle livrait des cocktails whisky-Kiri-kiwi à toute heure et à vélo…

– J'apprends la pâtisserie. Et le maquillage. Et la compta, énuméra Chloé. C'est le *home staging*, tu comprends, qui m'a donné l'idée. Et ton bouquin.

– Mais quelle idée ?

– Organiser des mariages. Ou des PACS, ou ce que tu veux, des unions druidiques par exemple, ou des bénédictions en parachute avec curé et tout. Organiser quelque chose pour les gens, et les rendre heureux. S'ils sont heureux ce jour-là, tu comprends, très très heureux, ils n'auront pas envie de détruire ce bonheur, alors ils feront des efforts. D'ailleurs, il faudra que tu me fasses une liste…

– De mes amis qui veulent se marier ? Laisse tomber.

– Non, reprit Chloé avec une expression de patience exaspérée. De livres. J'offrirai un livre à chaque couple. Ce sera le petit plus, la cerise sur la pièce montée, tu comprends ?

Oui, Juliette comprenait. Mais une autre question lui brûlait les lèvres :

– Chloé… J'ai honte, mais j'ai oublié quel livre je t'ai laissé. Pourtant, je l'avais choisi exprès pour toi… Ne le prends pas mal… Je me suis beaucoup occupée de livres ces derniers temps (c'était un euphémisme, elle en avait conscience…) et tout se mélange un peu.

Son ancienne collègue la regarda avec l'indulgence qu'on réserve habituellement aux enfants de trois ans et aux personnes séniles.

– Je comprends, ma biche.

Elle fouilla dans son sac et brandit triomphalement un petit volume.

– Ta-dam ! Le voilà ! Je ne le lâche plus. C'est mon porte-bonheur. J'en ai acheté cinq exemplaires pour être sûre d'en avoir toujours un sur moi.

Juliette regarda la couverture, où une fleur écarlate, sur fond bleu, était posée sur une main féminine, elle-même émergeant à peine de la manche d'un pull en grosse laine.

Ogawa Ito. *Le Restaurant de l'amour retrouvé.*

20

« Changer de place. Il faut que je fasse l'effort de changer de place. Et pas seulement dans le métro. »

Ces trois petites phrases ne lâchaient pas Juliette depuis qu'elle avait vu Chloé, rayonnante, s'éloigner sur le quai de la station Pasteur. Passant à côté d'un couple de mariés qui se faisait photographier devant une affiche géante pour le parfum Chanel N° 5. La mariée portait une robe jaune citron, en tulle, elle ressemblait à un papillon. Pour s'envoler où ? Dans un tunnel. Ce n'était pas une pensée positive, se reprochat-elle. Mais on ne pouvait pas *toujours* être positif.

Pourtant, cette rencontre lui avait fait du bien. Elle avait appris, ébahie, que M. Bernard avait fermé l'agence. Qu'il avait emballé sa cafetière personnelle, sa précieuse tasse à thé, et était parti vivre dans une maison en lisière de forêt, quelque part en Ardèche. Il avait enfin compris, avait-il révélé à Chloé, quel était son désir le plus profond : sortir de chez lui le matin et voir un chevreuil détaler dans la brume.

– Tu lui avais laissé un livre, à lui aussi ? avait interrogé Chloé.

– Oui.

– C'était quoi ?

Là, Juliette se souvenait très bien. *Walden ou la vie dans les bois*, d'Henry David Thoreau. Elle avait hésité entre celui-là et un recueil de nouvelles d'Italo Calvino. Elle avait choisi au poids. Elle se disait que M. Bernard dédaignerait un volume trop mince : il avait toujours prétendu qu'il aimait les gens « qui avaient de l'épaisseur ».

En sautillant, elle s'engagea dans la ruelle où le grand portail rouillé, sur la gauche, mettait une tache sombre et opaque. Elle se sentait bien. Peut-être était-elle capable, après tout, de faire quelque chose d'utile de sa vie, d'insuffler aux gens, avec les livres qu'elle donnait, un peu d'énergie, un peu de courage ou de légèreté. Non, se corrigea-t-elle aussitôt. C'est le hasard. Tu n'y es pour rien, ne prends pas tes grands airs, ma fille. Cette dernière phrase lui était venue automatiquement, elle sonnait comme une comptine, des mots qu'on fredonne sans s'attarder à leur sens, mais qui reviennent, toujours.

Qui lui avait dit cela ? Ah, oui : une institutrice, en CM1. Chaque fois qu'elle réussissait, ou croyait réussir quelque chose. L'enseignante ne croyait pas aux vertus de ce qu'on appelait maintenant le « renforcement positif » ; aucun encouragement ne sortait jamais de sa bouche. Si on était doué en maths ou en dessin, c'était que la génétique, l'éducation ou une complexe configuration planétaire en avaient décidé ainsi. Le hasard. Le hasard. Ne prends pas tes grands airs, ma fille.

Tu n'y es pour rien.

Juliette arrivait devant le portail. Elle posa sa main sur la poignée de métal froid.

« Peut-être que j'y suis quand même pour quelque chose. Un peu. »

Elle redit la même chose à haute voix. C'était comme une minuscule victoire.

Puis elle remarqua un détail, anodin – du moins il aurait dû l'être mais ne l'était pas, pas du tout même –, qui la glaça.

Le livre qui maintenait le portail entrebâillé avait disparu.

« Ce n'est pas possible. Ce n'est pas possible. »

Juliette ne parvenait pas à prononcer ces mots à haute voix, mais elle se les répétait, encore et encore, comme pour ériger une barrière entre elle et ce que Léonidas venait de lui apprendre, un Léonidas qui avait perdu son sourire de chat, un Léonidas blême dont le visage ressemblait soudain à un fromage blanc en train de couler, de couler, jusqu'où, cela l'effrayait, ce visage allait se défaire sous ses yeux, s'étaler et disparaître entre les fissures du béton, il ne resterait que son chapeau, quelle image horrible et incongrue, surtout en cet instant…

Elle n'aurait jamais dû s'arc-bouter contre le battant, elle n'aurait jamais dû entrer dans la cour, ni tourner la poignée de la porte du bureau.

Pas pour entendre *ça*.

– C'est arrivé quand ?

Elle avait retrouvé un peu de voix. Un couinement de souris.

– Il y a trois jours, répondit Léonidas. L'hôpital a mis du temps à retrouver l'adresse, il en avait donné une autre, fausse, bien sûr.

– Mais pourquoi fausse ?

– Je crois qu'il voulait juste disparaître. Il pensait peut-être protéger Zaïde. Nous protéger. On ne le saura jamais.

– Mais quand on va se faire opérer, on doit donner le nom d'une personne de confiance, comme ils disent, objecta-t-elle.

– Il l'a fait.

Son visage se plissa encore plus, et il joignit les mains devant lui, en un geste de rage plutôt que de prière.

– Silvia. Celle qui… Vous savez bien…

Non, Juliette ne savait pas. Elle regarda ses propres mains, posées sur ses genoux et immobiles, comme mortes.

– Celle qui avait toujours avec elle un livre de cuisine. Celle qui… Elle prenait la ligne 6, elle aussi. Comme vous. Comme moi.

– Oh…

– J'étais amoureux d'elle, et je ne lui ai jamais dit. Je me contentais de la regarder. Dans le métro. Et encore, pas tous les jours. C'était avant vous, Juliette. Vous n'avez rien remarqué, j'en suis sûr. Elle non plus.

Non, Juliette n'avait rien remarqué. Et elle n'avait pas envie d'en écouter davantage – pas en cet instant. Il le comprit et s'excusa.

132

– Pardonnez-moi.

Elle resta silencieuse, hochant simplement la tête. Soliman. Soliman était mort. Il avait succombé aux suites d'une opération à cœur ouvert, une opération risquée qu'il avait reportée, lui avait expliqué Léonidas, au-delà des délais raisonnables. Comme s'il avait voulu, avait-il ajouté, ne se laisser aucune chance.

Tout cela, il l'avait appris en se rendant à l'hôpital.

« Pendant que j'étais dans le métro. Pendant que je parlais à Chloé. Que j'étais heureuse, et un peu fière de moi, pour une fois. »

– Et Zaïde ? interrogea-t-elle. Où est Zaïde ?

– Encore à l'école. Il est tôt, vous savez.

Non, Juliette ne savait plus. Elle était assise là depuis toujours, avec cette chose qui enflait dans son ventre, enflait, enflait, et qui n'était ni une vie ni une promesse. Une mort, un mort plutôt, un mort de fraîche date qu'il fallait abriter et bercer, et consoler, et conduire…

Le mot la frappa, et elle se redressa aussitôt. Elle avait promis un voyage à Zaïde – puisque leur pari n'en était pas vraiment un – et elle tiendrait sa promesse. Mais après, ne serait-elle pas obligée de… ? Elle ne trouvait même pas de mots pour formuler l'image déprimante qui se présentait à elle, et ne souhaitait pas en trouver, du moins, pas tout de suite.

Léonidas toussota et se rapprocha d'elle.

– Zaïde est heureuse ici, chuchota-t-il. Mais on ne nous la laissera pas.

Avec ou sans sa pipe, cet homme était un sorcier. Juliette avait souvent pensé, depuis qu'elle le connaissait, qu'il voyait à travers les couvertures des livres ; sans doute un visage ne lui opposait-il pas plus de résistance.

– Je sais. Et pourtant je ne peux pas supporter l'idée de…

Non, elle ne pouvait pas aller plus loin. Il comprit, une fois de plus.

– Moi non plus. Toutefois, la petite a une mère, même si Soliman ne l'a jamais évoquée devant vous.

– Je croyais… qu'elle était morte.

Il posa, maladroitement, sa large main sur celle de la jeune femme. Elle se raidit, puis se laissa aller à la chaleur réconfortante diffusée par les doigts potelés.

– Je sais où elle habite, dit-il encore. Soliman me l'avait dit. Le jour où je lui ai fait découvrir que les alcools grecs valaient bien ses infusions d'herbe. Il était ivre à tomber, et j'en ai éprouvé du remords, à l'époque.

Il baissa la tête, les joues tremblotantes, puis conclut :

– Plus maintenant.

21

La main de Zaïde n'avait rien de commun avec celle de Léonidas : elle était petite, si petite que Juliette avait peur, à chaque instant, de la laisser échapper. Debout sur un quai du RER C, elle luttait contre un vent qui soulevait, à intervalles réguliers, les papiers froissés abandonnés sous les sièges de plastique moulé, les roulait dans un tourbillon paresseux, puis les abandonnait un peu plus loin. Les voyageurs qui empruntaient cette ligne, observa-t-elle, ne devaient jamais marcher autrement que courbés pour résister à cette pression intermittente, le front bas devant la rafale, les épaules remontées, les deux mains cramponnées au manche de leur parapluie quand il pleuvait.

Dourdan-la-Forêt. C'était le nom du dernier arrêt. Encore fallait-il ne pas se tromper, ne pas monter dans la rame qui filerait vers Marolles-en-Hurepoix – Zaïde, devant le plan de la ligne, avait répété plusieurs fois ce nom comme s'il glissait sur sa langue en y laissant une trace salée, délectable – et Saint-Martin-d'Étampes.

– C'est mon voyage, c'est mon voyage, répétait la fillette en rythme.

Elle venait d'inventer une marelle aux règles obscures qui lui imposait de sautiller à cheval sur la ligne marquant la zone à ne pas dépasser, qu'elle dépassait, évidemment, une fois sur deux. Juliette, un peu nerveuse, la tira en arrière. Zaïde s'immobilisa et la fixa d'un œil noir.

– Tu es comme papa. Tu as peur de tout.

La paume de Juliette devint moite. Pour la centième fois peut-être, elle se demanda si Léonidas et elle avaient bien fait de cacher la vérité à la fille de Soliman. En réalité, ne pas lui apprendre sa mort n'avait pas été une décision concertée, raisonnable, ni même un effet de la compassion qu'ils ressentaient – ou de leur propre chagrin : ils avaient, de concert, bronché devant l'obstacle.

Bronché, oui. Ne voyant plus que le mur devant eux, qu'il fallait survoler – impossible – ou abattre, à l'aveugle, sans savoir quelles plantes germées entre les pierres allaient mourir, leurs racines mises à nu, exposées, se desséchant ou pourrissant. Zaïde était une petite personne têtue, à la repartie prompte, parfois coupante ; Léonidas la pensait solide, les pieds sur terre, habituée de longue date à l'étrangeté de son père, qu'elle grondait et dorlotait tour à tour.

– Justement, avait dit Juliette.

Elle ne s'était pas expliquée davantage. Elle croyait savoir que le camp entier des psychologues, tenant de la vérité comme seule alternative à la névrose, aurait démonté son intuition en deux secondes.

Mais cette intuition était assez insistante pour qu'elle décide, pour une fois, de se faire confiance. Provisoirement.

Zaïde, contrairement à ce que Juliette avait cru, recevait régulièrement des lettres de sa mère. Ces derniers jours, elle lui avait montré des pages de dessins colorés, magnifiques, entourés de légendes tracées d'une minuscule écriture moulée. « Là, la maison. » « Un oiseau dans les branches du grenadier, juste devant la porte de la cuisine. » « Tu aurais aimé cette promenade, nous la ferons ensemble, un jour. » « J'ai rencontré ce petit âne au bord d'un champ, nous avons parlé longtemps lui et moi, ça ne t'étonne pas, j'en suis sûre. »

Firouzeh signait d'un « F » très orné, entouré de volutes qui semblaient flotter sur le papier.

– Firouzeh, ça veut dire « turquoise », lui avait expliqué Zaïde. Maman habite très loin… dans une ville qui s'appelle Shirâz.

Elle l'avait entraînée dans sa chambre, avait extrait un gros atlas, bien trop lourd pour elle, du tas de livres qui étayait son lit du côté de la porte et, tournant les pages avec application, avait pointé son doigt sur un point autour duquel elle avait tracé au marqueur un cercle d'un bleu intense.

Juliette avait retenu, à grand-peine, les questions qui lui brûlaient les lèvres. Pourquoi la mère de Zaïde lui écrivait-elle en français ? Pourquoi Soliman avait-il quitté l'Iran avec sa fille, et depuis combien de temps ? Que s'était-il passé ? Et pourquoi Firouzeh, sa femme, était-elle revenue en France, quelques mois auparavant, sans pour autant les revoir ? Léonidas n'avait pu lui apporter la moindre réponse. Depuis quelques jours, il restait amorphe, mutique. Il arrivait le matin, s'installait juste à côté du bureau de Soliman et se plongeait dans la contemplation de la photo de Sylvie – la femme de la ligne 6, celle qui lisait des recettes de cuisine et, un jour, avait choisi d'ingérer sa mort, de la gober, de se laisser emporter par elle comme par la surprise d'une saveur inconnue.

Elle serra plus fort la main de Zaïde. Le frisson qui la parcourait ne devait rien au vent incessant. Elle avait peur. Bien sûr, Léonidas avait écrit à la mère de la petite – il n'avait qu'une adresse postale. Bien sûr, Firouzeh avait répondu, par lettre aussi, un simple « venez » griffonné sur une carte, elle-même glissée dans la pliure d'une feuille couverte de croquis que Juliette avait contemplés un long moment avant de les montrer à Zaïde. Une maisonnette dont la façade était assombrie par la retombée des branches d'un arbre qui semblait immense, un chêne ou un tilleul, probablement ; une fenêtre sur le rebord de laquelle étaient posés des bacs de fleurs orange et rouge ; une barrière peinte, non en blanc mais en vert, derrière laquelle on apercevait, sur un fond flou de frondaisons déjà touchées par l'automne, la silhouette d'une biche.

La petite fille avait caressé chacun de ces dessins. Elle ne paraissait même pas surprise…

– Il arrive ! Il arrive ! cria Zaïde.

Son sac à dos tressautait, ses nattes s'envolaient, elle tournait un visage émerveillé vers l'extrémité du quai. Avait-elle souffert de l'enfermement décidé par Soliman, de cette vie étroite, bien que protégée, qui la menait chaque jour de l'entrepôt à l'école ? Juliette, d'une certaine manière, avait choisi la routine ; à Zaïde, elle avait été imposée. Mais, aujourd'hui, l'une comme l'autre sentaient le frisson de l'aventure.

Dourdan-la-Forêt... Oui, c'était une aventure. Le plus infime dérangement, si on l'acceptait, en était une.

22

Elles eurent un peu de mal à trouver la maison. Celle-ci se trouvait à deux kilomètres de la gare, en direction des bois, ces bois que la mère de Zaïde avait travaillés, sur les feuilles envoyées à sa fille, en taches d'aquarelle qui se chevauchaient – ocre jaune et vert tendre. L'air sentait la fumée. Un nichoir peint en bleu vif servait de boîtes aux lettres ; il était planté un peu de guingois près d'un jeune cerisier auquel son support servait de tuteur.

– C'est là ? demanda Zaïde d'une voix sérieuse.

– Je crois, répondit Juliette.

Les mots, soudain, avaient le poids, la densité des boules de fer gravées de volutes que les hommes lançaient, au-delà du mur de l'entrepôt, sur un carré sablé délimité dans une cour d'immeuble. Zaïde avait dû entendre pendant des années le bruit qu'elles faisaient en s'entrechoquant, et les exclamations outrées ou ravies des joueurs. Et Juliette ne put s'empêcher de baisser les yeux vers la bouche de la fillette, imaginant qu'allaient en sortir, comme dans certains contes, les objets les plus extraordinaires.

Mais rien ne se passa. La terre, au pied du nichoir, avait été souvent piétinée ; des traces de pas étaient visibles un peu partout, venant de la maison, repartant dans la même direction. Des traces peu marquées, mais bien dessinées, Firouzeh a des pieds de danseuse, nota Juliette, elle doit être petite et légère, une Zaïde adulte, en somme.

Elles suivirent les traces, toujours la main dans la main, jusqu'à la porte récemment peinte de la même couleur que le nichoir. Juliette leva son autre main, et frappa. Le battant pivota aussitôt : les avait-on guettées par une des fenêtres basses qui s'ouvraient de part et d'autre de l'entrée ? Probablement. Mais la femme qui apparut sur le seuil ne ressemblait en rien à celle que Juliette avait imaginée : rousse, tout en courbes généreuses, elle était drapée dans un grand poncho à franges et retenait sur son nez retroussé de petites lunettes rondes cerclées de métal. Ignorant Juliette, elle s'accroupit devant sa fille et lui tendit les deux mains, paumes offertes ; l'enfant, un instant, resta immobile et grave, puis se courba et posa son front, juste un instant, sur les doigts accolés. Peut-être y souffla-t-elle un mot que Juliette devina sans l'entendre vraiment.

Mort.

Un camion passa sur la route, et les vitres des fenêtres tremblèrent. Cela fit un petit bruit cristallin, et soudain Juliette revit Soliman s'activant au-dessus de sa cafetière bricolée, entrechoquant les tasses, tandis que l'arôme puissant du café se répandait parmi les livres.

– خوش و حالکن[1], murmura Firouzeh.

Juliette ne comprit pas, bien sûr, que ces mots s'adressaient à elle, ou peut-être à Zaïde et à elle, pas plus qu'elle ne sut qu'elle pleurait avant d'avoir senti ses larmes couler dans son cou et mouiller son écharpe, la bleue, sa préférée.

Elles avaient bu du thé, allumé un feu, s'étaient assises sur les coussins éparpillés autour de la pierre de l'âtre. Firouzeh tenait un chasse-mouches avec lequel elle renvoyait les étincelles qui jaillissaient des bûches au fond de la cheminée. Chaque fois, Zaïde applaudissait. Juliette laissait glisser le miel le long du manche de sa petite cuillère, regardait l'or liquide se moirer d'écarlate et de vert, au gré des flammes qui bondissaient ou s'assoupissaient sur les bois éventrés.

Encore.

Et encore.

– Je n'ai pas voulu quitter mon pays, dit tout à coup Firouzeh. Il y avait mon père et ma mère là-bas, ils vieillissaient. Et puis, ils n'avaient jamais aimé Soliman. Pour eux, c'était un homme de papier, vous comprenez ? Il n'existait pas vraiment. On ne sait pas ce qu'il a dans la tête, disait mon père. Moi, je savais, enfin, je croyais savoir. De l'amour pour moi, pour notre fille, pour les montagnes – on

1. « Il est heureux, maintenant. »

habitait au pied des montagnes –, pour la poésie. Ça suffit à remplir une vie, vous ne croyez pas ?

Elle n'attendait pas de réponse. Elle murmurait en tisonnant les braises.

– Enfin, je le croyais parce que ça m'arrangeait. Moi, la poésie… c'est trop compliqué, un chemin tortueux qui parfois ne mène nulle part. Je préfère les images, les couleurs. C'est peut-être la même chose, au fond. On en discutait sans fin, avec Soliman, et ça me fatiguait. Je lui disais, la vie n'est pas une amande, tu ne trouveras pas le meilleur en la décortiquant peau après coque. Mais lui, il s'acharnait. Il était comme ça. Il sortait de moins en moins, il restait enfermé toute la journée dans la même pièce, celle dont la fenêtre ouvrait sur le jardin d'amandiers. Les mêmes choses, répétait-il, regardées souvent, observées avec obstination, peuvent nous livrer la clé de ce que nous sommes. Je ne savais pas ce qu'il cherchait, ce qu'il voulait…

Firouzeh releva la tête. Son regard était fixe, très noir.

– Je ne l'ai jamais compris. Et il ne m'a jamais comprise. C'est ainsi, je suppose, dans la plupart des couples. On se raconte l'un à l'autre avec passion, on croit tout savoir, tout comprendre, tout accepter, et puis la première fêlure arrive, le premier coup, pas forcément donné avec méchanceté, non, mais donné, et tout vole en éclats… et on se retrouve nu et seul, à côté d'un étranger lui aussi nu et seul. C'est insupportable.

– Il ne l'a pas supporté, dit Juliette à voix basse.

– Non.

– Il est parti.

– Oui. Avec Zaïde. C'est moi qui l'ai voulu. Elle était plus proche de lui que de moi. Ici, je savais que tout serait plus facile pour elle. Et peut-être pour lui.

– Pourquoi êtes-vous partie, finalement ?

– Mes parents sont morts. Je n'avais plus personne, là-bas. En arrivant, je ne pensais qu'à une chose : revoir ma fille. J'ai failli… et puis…

Ses longues paupières s'abaissèrent.

– Je n'étais pas entière. L'exil, c'est… je ne sais pas l'expliquer autrement. Je n'étais *plus* entière, et je ne voulais pas infliger cela à Zaïde. Ce vide, cette angoisse, ce « rien » que je n'arrivais pas à réduire. Alors, j'ai attendu. Nous avions vendu des terres, nous n'étions pas dans le besoin. Là-bas, j'avais mon métier. J'étais professeur, professeur de français… Ici, j'ai commencé à illustrer des albums pour la jeunesse. Ça aide. L'argent a aidé Soliman aussi, au début.

– Même s'il a recommencé à faire le tour d'une seule pièce…

– Il disait qu'une seule pièce peut contenir un monde.

– Les livres, murmura Juliette. Les livres. Bien sûr.

Et elle raconta, à son tour.

23

Juliette était là depuis trois jours, dans la petite maison en lisière de forêt, à attendre – elle ne savait pas elle-même, d'ailleurs, ce qu'elle attendait. Elle savait seulement que cette attente-là était un pays froid et tranquille, incroyablement lumineux, vaste, vide ; qu'elle s'y abîmait sans résistance, avec soulagement, même.

Elle avait beaucoup pleuré, au début. Comme une enfant à son premier chagrin, comme une adolescente à sa première rupture. La vue d'une tasse de café la faisait fondre en larmes, un vieux pull noir, jeté au dos d'une chaise, lui arrachait des sanglots. Elle voyait aussitôt le vêtement déplié, mobile, habillant la silhouette familière, dégingandée, aux gestes maladroits – alors que c'était du XS, dont les manches avaient rétréci au lavage, et où Soliman n'aurait même pas pu glisser son long bras.

Firouzeh, impassible, la suivait du regard et ne tentait pas de la consoler, sauf en lui apportant tasse de thé sur tasse de thé.

– Vous auriez pu être anglaise, non ? demanda Juliette entre deux hoquets, alors qu'elle s'essuyait les yeux avec le coin du châle dont Zaïde, pleine de sollicitude, lui avait entouré les épaules. Les Anglais pensent que le thé est une sorte de solution à tout. Dans les romans d'Agatha Christie…

– Je ne les ai jamais lus, la coupa Firouzeh avec allégresse. Je vous l'ai dit, je préfère les images. Les couleurs. Les gestes. Ce qui caresse le papier, la peau…

Elle posa la tasse sur le rebord de la cheminée. Sa main tremblait un peu.

– Sa peau… La peau de Soliman… Elle était mate, mais pas partout de la même manière, avec des creux d'ombre, des zones pâles… un grain… et la forme de ses cuisses… il faudrait que je vous montre… que je dessine…

– Non, chuchota Juliette, le regard rivé aux pointes de ses chaussures.

Firouzeh tendit une main vers elle.

– Juliette… Lui et vous… Vous n'étiez pas… ?

– Non.

– Mais vous pleurez.

– Oui. Ce n'est pas normal, c'est ce que vous voulez dire ? lança-t-elle, soudain agressive. Et Zaïde ne pleure pas. C'est normal, ça ?

Les doigts de Firouzeh se posèrent sur ceux de Juliette. Celle-ci eut l'impression qu'un oiseau forestier venait de la choisir pour se reposer, et se sentit bizarrement réconfortée.

– Normal. Je n'ai jamais compris le sens de ce mot. Et vous ?

Comme la réponse se faisait attendre, elle caressa les cheveux de sa fille, qui s'était blottie tout contre elle, et commença à chantonner à bouche close. La mélodie était surprenante, parfois grave jusqu'à l'inaudible – seule une vibration de la gorge trahissait le son qui habitait le corps de la chanteuse –, parfois aiguë, mince et tendue comme un solo d'enfant. Zaïde avait fermé les yeux et glissé son pouce entre ses lèvres.

Juliette laissa une dernière larme sécher le long de sa joue et la contempla. Regarda les années s'effacer sur le visage pourtant si juvénile, la fillette redevenir à l'image de la nouvelle née qui avait reposé sur le ventre de sa mère, le jour de sa naissance.

– Je ne sais pas si c'est normal, finit-elle par dire. Je me sens vide, c'est tout. Ma vie était remplie de toutes petites choses. Elles ne me plaisaient pas, enfin, pas vraiment ; mais elles étaient là, elles me suffisaient. Et puis je les ai rencontrés, tous les deux…

Elle ferma les yeux un instant.

– Je devrais dire tous les quatre. Soliman, Zaïde, l'homme au chapeau vert et la femme qui… qui est morte aussi. Chacun d'eux m'a donné quelque chose, et en même temps ils ont tout emporté. Il n'y a plus rien, vous comprenez ? Je suis comme une coquille. Je sens l'air qui passe à travers moi. J'ai froid.

– Vous avez de la chance, dit lentement Firouzeh. Moi, je suis pleine de cette enfant que je retrouve. De son absence. De sa présence. De la mort qui nous a réunies. C'est la fin de mon voyage… pour l'instant. Mais ne croyez pas que je le regrette.

Elle se dégagea doucement des petits bras qui l'enlaçaient, marcha vers la fenêtre, en ouvrit les deux battants. Une bouffée de vent vif s'engouffra dans la pièce, et une giclée de flammes bondit et bleuit sur les braises.

– Le vent, dit-elle, le vent… Sortez d'ici, Juliette, allez respirer. Allez l'écouter. Vous êtes trop long-temps restée enfermée avec des livres. Comme lui. Les livres et les gens ont besoin de voyager.

Zaïde ne s'était pas réveillée. Elle bougeait quand même, un peu, comme un chaton qui s'étire au creux d'un rêve et ronronne sous la caresse d'un fantôme bien-aimé.

Elle avait quand même un livre dans sa poche. Elle en sentait la forme, contre elle, alors qu'elle faisait le tour de la maison, à très petits pas.

« Je fais pitié. On dirait une vieille dame. »

Se moquer d'elle-même lui faisait du bien. Toucher la couverture souple à travers le tissu, aussi. C'était un livre de Maya Angelou, *Lettre à ma fille*, qu'elle avait glissé là au dernier moment, avant de partir. Parce qu'il était sur une pile, à portée de main. Parce qu'il n'était pas très épais, et que leurs deux sacs pesaient lourd. (Elle n'avait pas l'habitude de choisir ses lectures au poids, c'était une première. Mais pas forcément, avait-elle pensé, une mauvaise idée : c'était encore une manière de classer les livres à laquelle elle n'avait pas songé, gros livres de coin du feu ou de longues vacances oisives, livres de pique-nique, recueils de nouvelles pour fréquents et courts trajets, anthologies pour butiner autour d'un thème à chaque pause, quand le téléphone se tait, quand les collègues sont partis déjeuner, quand on s'accoude au zinc d'un café pour boire un double expresso, assorti d'un verre d'eau qu'on fait durer jusqu'à la conclusion du texte.)

Pendant le trajet, elle n'avait fait que le feuilleter ; Zaïde ne cessait d'attirer son attention sur telle ou telle merveille aperçue le long de la voie – la couronne rayée de rouge et de blanc d'une tente de cirque, un bassin oblong où nageaient des canards, un feu de feuilles, dans un jardin, dont la fumée montait en spirale dans le soleil. Et toutes ces routes, ces voitures qui toutes allaient quelque part, comme elles.

– Les gens bougent, c'est fou, avait-elle déclaré. Tout le temps.

À cet instant, le doigt de Juliette s'était glissé entre deux pages, et elle avait lu :

Je
Suis une femme noire
Haute comme un cyprès
Forte au-delà de toute mesure
Défiant l'espace
Et le temps
Et les situations
Assaillie
Insensible
Indestructible

Elle n'avait pas pu aller plus loin. Le soir, dans le canapé du salon où Firouzeh avait entassé pour elle des oreillers et une couette chaude, elle avait repris le mince volume. Ce n'était pas un poème de l'auteur du livre ; il était de Mari Evans. Mari Evans, dont elle avait aussitôt tapé le nom sur un moteur de recherche, pour apprendre – plissant les yeux, agrandissant la page qui s'affichait sur son smartphone – que cette dernière était née en 1923 dans l'Ohio, et que ce poème, *I Am a Black Woman*, était devenu une sorte de cri de ralliement pour beaucoup d'Afro-Américaines, Maya Angelou y compris. Qui, elle-même, avait milité toute sa vie pour la condition des femmes noires. Michelle Obama avait dit que c'était, pour elle, le pouvoir des mots de Maya Angelou qui avait conduit une petite fille noire des quartiers pauvres de Chicago jusqu'à la Maison-Blanche.

Dans son livre, l'écrivain citait ce poème comme un exemple de l'exaltation jaillissant de l'avilissement.

Et les derniers vers étaient :

Regarde-moi
Et sois
Renouvelée.

24

« Je ne suis pas noire. Je ne suis pas haute comme un cyprès. Je ne suis pas forte. Je ne suis pas insensible. Et pourtant, moi aussi, j'ai des choses à affronter. Alors, regarder et être renouvelée… ce serait bien, oui. Mais regarder quoi ? Et où ? »

Juliette, la tête levée, fit un tour complet sur elle-même. Elle était vêtue d'une parka beige trop large, prêtée par Firouzeh, et se sentait un peu ridicule, comme une enfant qui a fureté dans le dressing de sa mère. L'écharpe bleue, enroulée deux fois autour de son cou, montait jusqu'à son nez ; elle respirait l'air vif au travers des mailles que les doigts de sa grand-mère avaient formées une à une. Tout à coup, elle se les représentait, ces doigts, avec une grande netteté : un peu noueux, la peau couverte de ces taches qu'on appelait, avant, des fleurs de cimetière, quelle horrible image. Les doigts de sa grand-mère – et ceux de Silvia, la femme du métro, celle qui avait décidé de quitter une vie où peut-être il n'y avait plus personne pour qui elle puisse tricoter des écharpes ou simplement travailler à rendre la vie un peu plus joyeuse – avaient maintenant cessé tout mouvement, et ce mouvement manquait, Juliette le sentait, cette immobilité faussait le rythme du monde, il fallait trouver quelque chose, et vite, pour le relancer.

« Idiote. »

Elle avait le vertige, et en plus venait de formuler en elle-même une ânerie prétentieuse, non mais elle se prenait pour qui ? Elle était malheureuse, ou plutôt morose, ça c'était avant la mort de Soliman, elle ne trouvait pas sa place, et alors ? Sa place était là où la vie l'avait mise, non, où elle avait, elle, choisi de se terrer, au ras du trottoir puisqu'on ne pouvait pas vraiment parler de pâquerettes dans son cas. Et voilà.

Et voilà…

C'était déprimant. Mais c'était la réalité.

Elle continua à avancer, un peu au hasard, écartant les branches noires et humides d'un grand saule qui retombaient jusqu'au sol et lui barraient le passage. Des tessons de pots de fleurs roulaient sous ses pieds, entre les tas d'herbe fauchée qui avaient pourri là et le petit potager que Firouzeh avait commencé à délimiter par des cordelettes tendues sur des piquets. Il y avait déjà une petite planche de radis, dans un coin, et des laitues d'hiver. La terre fraîchement retournée paraissait riche et noire, tiède, sûrement, si elle avait enfoncé ses doigts dedans.

À quelques mètres d'elle, au-delà du grillage rouillé qui servait de clôture au jardin, il y avait une sorte d'abri fait de planches devenues grises avec le temps. Le toit s'était affaissé et laissait voir, entre les voliges disjointes, brisées par endroits, une éclatante tache jaune. Aussi jaune que la gorge d'un colibri.

Que les boules de mimosa, duveteuses, au parfum entêtant, qu'elle achetait des années auparavant pour sa mère qui rêvait chaque hiver de Nice et de Côte d'Azur sans pour autant souhaiter bouger de sa rue pavillonnaire.

La main posée sur le fil de fer galvanisé, elle accentua le creux de la clôture et passa par-dessus, priant pour que la parka de Firouzeh ne s'accroche à aucune des pointes. Une fois de l'autre côté, elle sauta un petit fossé rempli d'eau croupie, puis zigzagua entre les touffes d'orties et des tiges couleur d'orge, cassantes, dont elle doutait qu'elles aient jamais porté la moindre fleur. Cette partie du terrain semblait avoir été abandonnée depuis un moment et avait dû servir de décharge sauvage : les pieds d'une planche à repasser se dressaient au milieu d'un amas de bidons de plastiques remplis d'un liquide noirâtre, des paquets de tissu pourris habillaient un escabeau bancal. Pour couronner le tout, un fer à repasser coincé dans une antique lessiveuse et un chapeau – oui, un chapeau de cotillon, rouge à paillettes, qui paraissait neuf.

La porte de la cabane était coincée par plusieurs plaques de tôle ondulée, mais tout un pan de la cloison, sur le côté, était presque à terre. Une bâche verdie recouvrait le véhicule qui se trouvait à l'intérieur, posé sur des cales – comme pendant la guerre, se dit Juliette, quand il n'y avait plus d'essence. Mais à l'époque, il n'y avait pas de voitures jaunes, si ? Si, évidemment. (Le monde n'était pas en noir et blanc, malgré ce qu'elle avait cru quand elle avait vu, pour la première fois, *La Traversée de Paris*. À sa décharge, elle devait avoir six ans.)

Elle empoigna un coin de la bâche et tira. Quelques briques, posées sur le toit, dégringolèrent. Elle fit un pas de côté pour les éviter, tira encore, de toutes ses forces. La sueur coulait dans son cou, dans son dos. D'où lui venait, tout à coup, cette hargne ? Juliette ne savait même pas si ce terrain appartenait à Firouzeh, ou si elle le louait – le légitime propriétaire pouvait à tout instant sortir des bois avec une carabine de chasse chargée et…

La bâche se déchira et retomba mollement. Sur sa face interne, des mousses dessinaient les cartes d'improbables continents. De petits animaux détalèrent dans un froissement de feuilles sèches – des mulots, peut-être. Ou des chats. Elle dérangeait un petit espace de vie aux habitudes bien installées, le nid patiemment construit entre les essieux abritant peut-être une portée de petites créatures roses et aveugles – non, ce n'était pas la saison. En était-elle sûre ? Pas tant que cela. On ne peut être sûr de rien, à la campagne, quand on a passé tant de temps sur la ligne 6 du métro parisien. Elle avait tendance à imaginer la vie des animaux dans leurs terriers à la manière de quelqu'un qui a acquis toute sa science en visionnant *Alice au pays des merveilles* version Disney.

Elle tira encore, fit tomber quelques briques supplémentaires, et enfin il apparut, devant elle, aussi inoffensif et appétissant qu'un gros jouet, mais beaucoup plus sale.

Un minibus.

Jaune.

– Il est à vous ?

Juliette venait de débouler, hors d'haleine, dans l'atelier où Firouzeh construisait un totem avec Zaïde. Elles avaient superposé plusieurs morceaux de bois, des bûches refendues au cœur tendre et rose, et laissaient couler à la surface des filets de peinture de différentes couleurs.

– Après, expliqua Zaïde, on lui fera des yeux avec de la pâte à modeler. Et des sourcils. Et une bouche, pour qu'il puisse palabrer.

Elle répéta deux ou trois fois ce dernier mot, quêtant l'admiration de Juliette.

– Palabrer, c'est beau. Tu connaissais ?

La jeune femme fit non de la tête.

– Tu es très savante.

Zaïde fit une moue modeste et retourna la bûche qu'elle tenait de ses deux mains maculées. Un ruisseau carmin s'étala sur les fibres.

– Le bois saigne, chantonna-t-elle, il va mourir.

Firouzeh lui tapota l'épaule.

– L'arbre est mort quand on l'a coupé. Mais ce morceau-là va rester vivant.

– Pourquoi ?

– À cause des palabres et des vœux. Tu vois, quand nous aurons assemblé ces deux bûches, il y aura un creux, là, juste à la jointure. Quand tu auras un chagrin ou un vœu, tu pourras l'écrire sur un bout de papier et le glisser dedans. C'est mon grand-père qui m'a appris à faire ça.

– Et qu'est-ce qui se passe, après ?

Firouzeh releva la tête et croisa le regard de Juliette.

– Le bois mange tout. Les malheurs, les espoirs, tout. Il les garde en sécurité. Il nous laisse les mains libres pour nous en libérer ou les réaliser. Ça dépend de ce que tu lui confies.

– Alors, reprit Juliette abruptement, il est à vous ?

La jeune femme n'eut pas l'air surprise ; elle prit seulement le temps de refermer les pots de peinture posés sur l'étagère avant de se tourner vers la fenêtre. Derrière les vitres crasseuses, on devinait les couleurs mortes de la friche, l'abri et sa silhouette déjetée, à peine distincte dans le brouillard.

– Oui. Enfin, non, répondit-elle. Il est à vous. Si vous le voulez.

25

– Vous voulez vraiment faire ça.

Ce n'était pas une question. Léonidas, assis dans le fauteuil de Soliman et comme toujours entouré d'un nuage de fumée, voulait juste s'assurer qu'il avait bien compris le discours précipité, haché, que Juliette venait de lui débiter.

– C'est une bonne idée, non ? Je n'ai jamais réussi ce que Soliman vous demandait de faire : suivre quelqu'un, l'étudier d'assez près pour savoir de quel livre il avait besoin, lequel lui rendrait l'espoir, ou l'énergie, ou la colère qui lui manquaient. Là, j'aurai plein de bouquins dans le minibus, et j'irai voir les gens dans les villages, et je prendrai le temps de les connaître, au moins un peu. Ce sera plus facile. De les conseiller, je veux dire. De trouver le bon livre. Pour eux.

L'homme au chapeau vert – lequel reposait toujours sur le sommet de son crâne – ôta sa pipe de sa bouche et en considéra pensivement le fourneau.

– C'est si important pour vous, ce que Soliman voulait ? Vous n'avez jamais pensé qu'il était simplement fou – et nous tous avec ? Vous nous voyez comme ça, des… espèces de médecins de l'âme, ou des visiteurs médicaux qui se baladent avec leur trousse de médicaments ?

– Eh bien…

Comment lui dire que oui, c'était un peu ça ? Qu'elle avait fini par croire, non, par acquérir la certitude que dans l'épaisseur des livres se cachaient à la fois toutes les maladies et tous les remèdes ? Qu'on y rencontrait la trahison, la solitude, le meurtre, la folie, la rage, tout ce qui pouvait vous prendre à la gorge et gâcher votre existence, sans parler de celle des autres, et que parfois pleurer sur des pages imprimées pouvait sauver la vie de quelqu'un ? Que trouver son âme sœur au beau milieu d'un roman africain ou d'un conte coréen vous aidait à comprendre à quel point les humains souffraient des mêmes maux, à quel point ils se ressemblaient, et qu'il était peut-être possible de se parler – de se sourire, de se caresser, d'échanger des signaux de reconnaissance, n'importe lesquels – pour essayer de se faire un peu moins mal, au jour le jour ? Mais Juliette avait peur de lire sur le visage de Léonidas une expression condescendante car, oui, c'était de la psy à deux balles, tout ça.

Et pourtant, elle y croyait.

Alors elle attendit au coin de la rue la dépanneuse qui venait de Dourdan-la-Forêt, paya sans grimacer la somme exorbitante que le chauffeur lui réclama, assista au déchargement du minibus – qui, pour le moment, avait tout d'une épave et ne ressemblait plus en rien à la petite boule de soleil qu'elle avait cru voir briller là-bas, sous l'abri défoncé, dans la magie trompeuse du brouillard.

Elle appela le garagiste le plus proche – pas question, cette fois, de se ruiner en frais de déplacement –, fit établir un devis, grimaça une fois de plus, monta au grenier récupérer les derniers pots de peinture jaune, acheta de la lessive et se mit au travail.

Léonidas avait sorti une chaise de jardin devant la porte vitrée du bureau et la regardait faire. De temps en temps il lui apportait un croissant aux amandes et un café instantané – ils avaient définitivement renoncé à faire fonctionner la machine de Soliman –, hochait la tête avec componction et retournait s'asseoir. Les passeurs ne venaient plus, les rumeurs avaient dû circuler, elles allaient encore plus vite que les livres, avec leurs mots délivrés du poids de l'imprimé, leurs mots sujets à métamorphoses, peut-être, d'ailleurs, se demandait Juliette en frottant le capot couvert de moisissures, l'histoire du monde telle qu'elle la connaissait n'était-elle qu'une immense rumeur que quelques-uns avaient pris le soin de coucher par écrit, et qui continuerait de se modifier, encore et encore, jusqu'à la fin.

Toujours est-il qu'ils étaient seuls.

Avec leurs fantômes.

Et le bus, qui se débarrassait de ses peaux mortes à la façon d'un serpent accroché à un arbuste. Qui se remettait à briller. Qui semblait, dans la petite cour, prendre de plus en plus de place.

– Comme il est gros, marmonnait Léonidas avec pourtant une certaine admiration, il ne passera plus le porche. Qu'est-ce qu'on fait, maintenant ?

Juliette était debout à côté de lui, fière de son œuvre, bataillant pour ôter ses gants de caoutchouc. La carrosserie était toujours jaune, de plusieurs jaunes différents car elle avait dû racheter de la peinture et la mode du « jaune bouton-d'or » avait depuis longtemps cédé la vedette au « jaune serin » et au « jaune pamplemousse ». Il restait aussi un peu de la couleur d'origine, sur le capot, là où la carrosserie avait été le mieux protégée. Elle regrettait que Zaïde ne soit pas là pour peindre des fleurs le long des portières, comme elle l'avait fait dans la pièce où Soliman lui avait proposé de s'installer, quelques semaines plus tôt. Mais Zaïde ne reviendrait pas à l'entrepôt. Pas tout de suite. Léonidas, lui, allait y vivre, sa retraite, précisait-il avec humour, se passerait aisément du montant d'un loyer. Il voulait reconstituer le réseau des passeurs, continuer, en somme, et aussi…

– Les bateaux ont besoin d'un port d'attache, dit-il ce jour-là en regardant le bus repeint. Et ça, c'est un bateau. Pas un voilier de course, certes, il n'a rien d'effilé, il est même plutôt dodu. On dirait un jouet d'enfant. Il me rappelle cette chanson des Beatles, vous savez ? *Yellow Submarine*. On devrait l'appeler ainsi, si vous n'y voyez pas d'inconvénient, bien sûr.

Juliette se mit à rire.

– Vous connaissez les Beatles ?

– Évidemment. Même si j'étais centenaire, je les connaîtrais. C'est vous qui n'êtes pas de votre époque, Juliette, plutôt que moi. Et c'est très bien comme ça. Je ne vous dirai pas de rester comme vous êtes, parce que c'est le contraire de ce que vous désirez. Mais gardez cette petite part de… Décidément, je vieillis, je perds mes mots. Je n'arrive pas à trouver ce que c'est.

– Moi non plus, murmura la jeune femme.

Il lui sourit – un sourire un peu triste, mais plein de bonté.

– Tant mieux, au fond.

26

Elle partit un matin pluvieux, et ce n'était pas ce qu'elle avait prévu, ni imaginé : le bus jaune – le *Y.S.*, comme elle l'appelait à présent, pour faire plus court – paraissait terne entre les murs ruisselants, sous les nuages d'un gris déprimant qui rasaient les toits. Elle avait passé presque une semaine à choisir les livres qui allaient s'entasser, bien serrés, sur les étagères fixées aux parois de tôle.

– Je reviendrai de temps en temps faire le plein, avait dit Juliette.

Elle avait ri, Léonidas aussi. Il avait ajouté :

– Les gens vous en apporteront, là où vous ferez halte. Ceux dont ils ne veulent plus, probablement.

– Ou, au contraire, ceux qu'ils aiment le plus… Ne soyez pas pessimiste comme ça ! Est-ce qu'il ne vaut pas mieux donner un livre qu'on aime ?

Léonidas, indulgent, avait hoché la tête.

– C'est certain. Mais je crois que vous vous faites beaucoup d'illusions, Juliette.

Elle était restée silencieuse un instant, pensive, peut-être attristée ; puis elle avait conclu :

– Vous avez raison. Mais je préfère ça, au fond. Rester un peu nunuche.

Après une longue discussion, ils avaient décidé, pour ce premier voyage, de renoncer aux séries, car Juliette n'était pas sûre de vouloir repasser par tel ou tel village pour y laisser un tome 2, 3 ou 12. Elle voulait garder sa liberté, cette précieuse liberté dont elle commençait tout juste l'apprentissage. Proust resterait provisoirement à l'entrepôt, et aussi Balzac, Zola, Tolkien, les livres de Charlotte Delbo qu'elle chérissait pourtant, *Le Clan des Otori* de Lian Hearn et l'édition complète du *Journal* de Virginia Woolf, les trois volumes du *Livre de Dina* de Herbjorg Wassmö, *Les Chroniques de San Francisco* d'Armistead Maupin, *La Romance de Ténébreuse* de Marion Zimmer Bradley, *1Q84* de Haruki Murakami, *L'Homme sans qualités* de Robert Musil et toutes les grandes sagas familiales qui ne pouvaient tenir au creux d'une main. Restaient les solitaires, les gros, les minces, les moyens, ceux dont le dos était déjà fendillé à force d'avoir été ouvert et parfois oublié à l'envers sur une table ou un canapé, ceux, rares, dont la reliure sentait encore le carton et le cuir neuf, ceux qui avaient été couverts – comme les livres d'école naguère, Juliette se souvenait encore de ces plastiques rebelles qui ne voulaient pas rester dans leurs plis, qui corsetaient le dos du livre et vous laissaient les mains moites.

Là aussi, il fallait opérer un choix. Ce n'était pas plus facile que le classement.

– Je me demande...

Assise sur une caisse pleine de romans format poche, Juliette se mordillait la lèvre – toutes les héroïnes de romance faisaient ça –, les sourcils froncés.

– Au fond, le *Y.S.* n'est pas une bibliothèque ambulante. Il y en a déjà des tas. Donc je n'ai pas à m'occuper d'avoir des livres pour tous les goûts, tous les âges, tous les domaines d'intérêt des lecteurs… Ou si ? Qu'en pensez-vous ? Léonidas ?

– Rien.

– Comment ça, rien ?

Léonidas, qui feuilletait son précieux ouvrage sur les insectes – il le transportait partout avec lui, dans sa mallette –, jeta à Juliette, par-dessus ses lunettes en demi-lune, un regard sévère.

– Pourquoi devrais-je avoir un avis sur tout ? Mon choix serait forcément différent du vôtre. Et actuellement, c'est le vôtre qui importe.

– Mais je dois tenir compte de ce que les lecteurs aiment, aussi, s'obstina Juliette.

– Vous croyez ?

– Oui.

– Alors, retournez dans le métro et prenez des notes. Vous l'avez déjà fait, non ?

Juliette hocha la tête. Oui, elle avait commencé une sorte de liste – surtout des récurrences. Des livres qu'elle voyait entre plusieurs mains, plusieurs fois dans la semaine.

– Mais ce ne sont pas forcément les meilleurs, argumenta-t-elle encore. Je ne vais pas jouer le jeu du, euh, marketing éditorial.

Léonidas haussa les épaules tout en promenant amoureusement sa loupe sur une planche en couleurs représentant l'*Empusa pennata*, dont il détaillait les antennes bipectinées si semblables à de petits morceaux de bois sec.

– Il faut de tout pour faire un monde, dit-il avec placidité. Même un monde de livres.

Ces trajets-là eurent un goût d'adieu. Plus que des titres de romans, Juliette en rapporta des images, notées avec un soin amoureux : une fresque qu'elle n'avait pas remarquée jusqu'alors, où une femme en tutu sautait, les jambes repliées et les yeux clos, devant un paysage urbain souligné par des nuages couleur barbe à papa – comme si elle dansait dans les étoiles, ou chutait, ou s'élevait dans la spirale d'un rêve ; des pigeons – des pigeonnes, décida-t-elle – marchant sur les marquises de la station Dupleix ; l'image fugitive d'un dôme doré ; la courbe gracieuse de la voie juste avant la station Sèvres-Lecourbe (une coïncidence ?) ; un immeuble ovale, un autre rond comme une galette, un autre encore recouvert de plaques grises semblables à des écailles, dans lesquelles, quand la rame passait, frémissaient des reflets verts, bleus, violets ; un jardin sur les toits ; le Sacré-Cœur au loin, les péniches fendant pesamment le fleuve, d'autres amarrées, parées comme des jardins avec des haies de bambou plantées dans de grands bacs et des petites tables, des chaises, des bancs... Juliette descendait presque à chaque arrêt, changeait de wagon, observait les visages, attendait, sans se l'avouer, un signe : quelqu'un allait comprendre qu'elle n'était plus tout à fait là, qu'elle caressait déjà des souvenirs, lui sourire, lui offrir des vœux comme à la nouvelle année, ou une phrase énigmatique qu'elle mettrait des années à comprendre – mais rien ne se passa. Elle ignora une dernière fois les escaliers mécaniques, grimpa les marches grises où brillaient quelques particules de mica et s'éloigna sous la pluie.

C'est sous la pluie encore, un crachin persistant, qu'elle charria les cartons contenant les livres qu'elle avait décidé d'emporter, ou qui s'étaient sournoisement mis à portée de son regard, elle ne savait plus très bien, et cela n'avait, au fond, aucune importance. Si elle avait appris une chose, c'était bien celle-ci : avec les livres, il y avait toujours des surprises.

Les étagères que le menuisier du coin avait installées (non sans de nombreux commentaires goguenards) étaient munies de tasseaux qui se fixaient à mi-hauteur des dos, afin que les volumes ne tombent pas au premier virage. Une fois remplies, elles donnaient à l'intérieur du fourgon une allure biscornue, chaleureuse.

– C'est mieux que le bureau de Soliman, constata Léonidas, étonné. Plus… intime, en quelque sorte.

Juliette était d'accord : si elle n'avait pas dû prendre le volant, elle se serait bien blottie là, sous un plaid écossais, avec une tasse de thé et l'un des nombreux livres qui tapissaient les parois, formant une tapisserie aux motifs colorés et abstraits, les rouges et les vert pomme fulgurant au milieu des classiques couvertures ivoire, jaune pâle, bleu cendré.

Dans l'espace qui restait – et il était plutôt réduit –, elle entassa tout ce qui lui serait nécessaire : un futon roulé, un sac de couchage, le fameux plaid, plusieurs tabourets pliants, un panier à couvercle contenant un peu de vaisselle et quelques ustensiles ménagers, un petit réchaud de camping, quelques provisions non périssables. Et une lampe, bien sûr, pour pouvoir lire le soir. Une lampe qu'elle suspendrait à un crochet, et qui se balancerait, projetant des ombres mouvantes sur les livres alignés.

Léonidas s'inquiétait pour elle ; une femme, seule, sur les routes… Juliette voyait les manchettes de faits divers danser dans ses yeux arrondis, tandis qu'il l'imaginait démembrée sous un buisson ou violée dans le fond d'un parking. Il était là, debout devant elle – à quelques minutes du départ –, les bras ballants, l'air malheureux. Elle coinça sous le siège du conducteur sa trousse de premiers secours, se retourna et le prit dans ses bras.

– Je ferai très attention. C'est promis.

– Vous ne savez même pas où vous allez, se lamenta-t-il d'une voix qu'elle ne lui connaissait pas.

– C'est si important ? Vous croyez ?

Il la serra contre lui, maladroitement. Depuis quand avait-il perdu l'habitude de ces gestes de tendresse ?

– Peut-être. C'est stupide, je le sais. Mais cela me rassurerait.

Tout à coup, son visage s'éclaira.

– Attendez-moi. Juste un instant, s'il vous plaît, Juliette.

Il se retourna et partit, presque en courant, vers le bureau. Juliette se mit à danser d'un pied sur l'autre. L'anxiété lui nouait le ventre, pourtant elle avait hâte, à présent, hâte d'en avoir fini avec les adieux, hâte de faire gronder le moteur et de rouler dans les rues grises, vers elle ne savait quoi.

Léonidas revenait de la même allure sautillante. Son imperméable, sur son ventre, faisait une drôle de bosse. Arrivé près d'elle, essoufflé, il plongea une main sous le tissu et lui tendit trois livres.

– Le premier, c'est de la part de Zaïde, expliqua-t-il. J'ai failli l'oublier, j'en suis navré. Elle m'en aurait voulu.

C'était un exemplaire des *Histoires comme ça* de Kipling. Émue, Juliette le feuilleta : la fille de Soliman avait soigneusement découpé les illustrations, qu'elle avait remplacées par ses propres dessins. Un crocodile violet tirait sur la trompe d'un éléphanteau aux grands yeux effrayés et aux pattes trop grosses, une baleine aux yeux bridés jaillissait de la mer, un chat, la queue dressée, s'éloignait vers l'horizon où disparaissait ce qui ressemblait fort à un petit camion jaune.

– *Je suis le chat-qui-s'en-va-tout-seul, et tous lieux se valent pour moi*, murmura Juliette, la gorge serrée. C'est comme ça qu'elle me voit ? Vous croyez ?

– Et vous ?

Sans lui laisser le temps de répondre, il lui ôta des mains le recueil de contes. Juliette retint son souffle : le deuxième livre, elle le reconnaissait. Elle l'avait vu souvent, posé sur les genoux de la femme au visage doux, de Silvia, celle qui avait choisi de disparaître, de ne plus bercer ses souvenirs, de ne plus se remémorer les saveurs enfuies ni les blessures cachées.

Un livre de cuisine, rédigé en italien, usé, taché, souvent manipulé.

– J'ai tellement regretté, dit-il doucement, de ne jamais lui avoir parlé. Nous aurions pu vieillir ensemble. Nous donner encore de la joie. Je n'ai pas osé. Je m'en veux. Non, ne dites rien, Juliette. S'il vous plaît.

Sa lèvre inférieure tremblait un peu. Juliette se figea. Il avait raison. Ne rien dire, ne pas bouger. Le laisser aller jusqu'au bout.

– Soliman m'avait un peu parlé d'elle, reprit-il. Elle n'avait plus de famille, sauf un neveu, là-bas, en Italie. À Lecce. C'est au sud de Brindisi… presque tout au sud de l'Italie. Elle lui avait dit, une fois, que ce livre était la seule chose qu'elle avait à léguer. Qu'il y avait, dans ces pages, toute sa jeunesse, et son pays, les couleurs, les chants, les peines aussi, les deuils, les rires, les danses, les amours. Tout. Alors… je n'osais pas vous le demander mais… je voudrais…

Juliette avait compris.

– Que je le lui apporte ?

– Oui. Le dernier, se hâta-t-il de préciser, c'est un manuel de conversation français/italien. Je l'ai trouvé hier dans un des tiroirs du bureau de Soliman. Il avait peut-être l'intention d'aller lui-même à Lecce ; on ne le saura jamais. Et la Maison de la presse, au coin de la rue, vend des cartes. Je peux aller les chercher, si vous voulez.

– Vous êtes tellement sûr, là, maintenant, que je vais dire oui ? Et comment je le reconnaîtrai, moi, son neveu ? Vous connaissez son nom, au moins ?

– Non. Mais je sais qu'il tient un petit restaurant près de la Via Novantacinquesimo Reggimento Fanteria. C'est un peu long, je sais, alors je vous l'ai noté.

– Des restaurants, il doit y en avoir des dizaines, là-bas ! s'exclama-t-elle.

Elle baissa les yeux vers la couverture aux teintes passées. Les légumes, le poivron dodu. Le fromage entaillé d'un trait de lame. Et, à l'arrière-plan, le fantôme d'une colline, d'un olivier, d'une maison basse. On pouvait avoir envie, se rappela-t-elle, d'entrer dans le paysage d'un livre. De s'y attarder. D'y commencer une nouvelle vie.

– Je le reconnaîtrai, affirma-t-elle soudain.

– Oui, lui fit écho Léonidas. Vous le reconnaîtrez. J'en suis sûr.

Épilogue

Juliette

Pour la dernière fois – la dernière fois de cette année, du moins, je ne voyais pas plus loin –, je suivais la ligne 6. Mais pas dans le métro. Le *Yellow Submarine* longeait le viaduc de la partie aérienne, sa vitesse calée sur celle d'une rame qui avait quitté la station Saint-Jacques à l'instant où je redémarrais au feu. À Bercy, elle replongerait sous terre, tandis que j'obliquerais vers la droite pour rejoindre, par l'avenue du Général-Michel-Bizot, les extérieurs et l'entrée de l'autoroute A6. J'avais l'intention de suivre celle-ci jusqu'à Mâcon ; là, je quitterais définitivement les voies principales de circulation pour descendre vers Lecce par les plus petites routes possibles. Je ne savais pas combien de temps me prendrait ce voyage, et je m'en réjouissais d'avance. J'avais loué mon studio quand je m'étais installée chez Soliman, donc j'avais un peu d'argent, de quoi remplir le réservoir et m'acheter à manger – pour le reste, je me débrouillerais. J'avais un jerrican et un sac plein de vêtements, un coupe-vent et des bottes, le manuel de conversation français/italien de

Léonidas et le cadeau de Zaïde, et des livres, beau-coup de livres.

J'avais aussi des noms qui dansaient dans ma tête : Alessandria, Firenze, Perugia, Terni, et celui qui me faisait toujours rire parce que je l'associais au seul jeu de société que mes parents aient jamais pratiqué : Monopoli. Chaque jour, je jetterais mes dés pour avancer de quelques kilomètres, mais je ne me contenterais pas de parcourir un plateau de jeu et de repasser sans cesse par les mêmes cases, j'avan-cerais, j'avancerais vraiment. Vers quoi ? Aucune idée. Après Lecce, j'irais peut-être jusqu'à la mer. Puis je remonterais le long de la botte par une autre route, j'irais vers les grands lacs, et vers l'est. Ou le nord. Le monde était absolument immense.

Je me rappelais soudain un soir avec Zaïde – presque le dernier avant que nous ne quittions pour de bon l'entrepôt. Elle avait rempli d'eau un saladier de verre qu'elle avait posé sur la table de la cuisine, avait allumé toutes les lumières de la pièce, puis avait brandi une pipette.

– Regarde, avait-elle dit.

Elle ressemblait tellement à son père quand ses yeux s'allumaient de cette lueur singulière, celle du magicien qui va tout à coup transformer l'illusion en merveille, et te donner à réfléchir sur la réalité de ce que tu vois. Elle lui ressemblait tellement que j'avais senti, à nouveau, les larmes me piquer les yeux, une houle monter de mon ventre et se bloquer dans ma gorge. Je l'avais refoulée avec toute la fermeté dont j'étais capable.

La petite fille avait plongé sa pipette dans l'eau, puis l'avait levée vers l'ampoule de la lampe qui pendait au-dessus de la table.

Dans le globe liquide qui lentement s'étirait, elle avait capturé la pièce entière : la fenêtre et ses quatre carreaux de jour finissant, le coffre recouvert d'un tapis rouge, l'évier d'où dépassait la queue d'une casserole, la grande photo punaisée au mur qui représentait un amandier pliant sous la tempête, ses fleurs arrachées, emportées, vol d'anges minuscules ou de vies sacrifiées.

– Le monde est tout petit… C'est dommage qu'on ne puisse pas garder des gouttes pour tout ce qu'on a vu de beau. Et pour les gens. J'aimerais bien, je les rangerais dans…

Zaïde s'était interrompue, avait secoué la tête.

– Non. Ça ne se range pas, ça. Mais c'est beau.

J'avais chuchoté :

– Oui. Le monde est très beau…, en écrasant discrètement un doigt au coin de ma paupière – maudite humidité !

Le monde, il me faisait l'effet des poupées russes : j'étais dans le bus qui était un petit monde à lui tout seul et qui roulait dans le monde immense et pourtant tout petit. Derrière moi, assis à même le plancher, il y avait une femme au doux visage fatigué, un homme dont les bras trop longs sortaient des manches trop courtes de son pull noir, une fille rieuse, engoncée dans sa robe à volants, et puis aussi ma mère, affolée – j'allais quitter, pour de bon, la zone de sécurité qu'elle avait tracée pour moi. Il y avait tous les hommes que j'avais cru aimer, et tous mes amis de papier, mais eux brandissaient des coupes de champagne et des verres d'absinthe, c'étaient des poètes fauchés et alcooliques, des rêveurs tristes, des amoureux, des gens peu recommandables, comme l'aurait dit mon père (ma dernière visite chez lui ne s'était pas très bien passée, inutile de le préciser). Ma famille.

Quelques centaines de mètres plus loin, j'ai dû lâcher le métro que je suivais pour m'arrêter à un passage piétons. J'ai regardé défiler tous ces inconnus que j'avais dû croiser au moins une fois dans le métro, que je reconnaissais, pour certains, à leur canne, à leur façon de remonter le col de leur manteau jusque sous leurs lunettes, ou au sac à dos qu'ils balançaient entre leurs omoplates au rythme d'une démarche sautillante.

Et puis je l'ai vue. Elle, la lectrice de romances, la fille aux jolis seins moulés dans des pulls à col montant, vert mousse, rose poudre, moutarde au miel. Celle qui commençait toujours à pleurer à la page 247. Celle où tout semble perdu.

« C'est le meilleur moment », avait dit Soliman.

J'avais le sentiment, pour ma part, d'avoir dépassé la page 247 – pas de beaucoup. Juste un peu. Juste assez pour savourer le sourire éclatant de la fille qui serrait sous son bras un énorme roman, quatre cent cinquante pages à vue de nez.

Juste avant de traverser, elle l'a posé sur un banc. Sans le regarder. Et puis elle s'est mise à courir. Une idée subite l'avait lancée dans un grand tourbillon, vite, vite, elle devait se hâter de la rattraper.

Les conducteurs, derrière moi, commençaient à s'impatienter, mais je ne redémarrais toujours pas. Je ne pouvais pas quitter des yeux la tranche du livre, d'où dépassait un marque-page de carton, raide et blanc, taillé en biseau.

J'ai allumé mes feux d'alarme et je me suis garée contre le trottoir, à gauche. Trois ou quatre voitures m'ont doublée dans un assourdissant concert d'avertisseurs et d'injures criées par des portières aux vitres hâtivement baissées. Je n'ai même pas tourné la tête, je n'avais pas envie, mais alors pas du tout, de voir des yeux furieux et des bouches tordues. Qu'ils se dépêchent donc. Moi, j'avais tout mon temps.

Je suis sortie du *Y.S.* et je me suis dirigée vers le banc. Je n'ai pas regardé le titre du roman ; ce qui m'intriguait, c'était ce marque-page. J'ai glissé mon doigt entre les feuilles lisses.

Page 309.

Manuela posa son front sur le tissu soyeux de la veste de soirée.

– Je suis si fatiguée, chuchota-t-elle.

Les grands bras se refermèrent sur elle.

– Viens, dit, tout près de son oreille, la voix qu'elle entendait chaque nuit dans ses rêves.

« Viens. » Troublée, j'ai laissé le roman se refermer sur le petit rectangle de carton. La lectrice de la ligne 6 avait abandonné sa lecture avant la fin – il restait presque un tiers de l'histoire, combien de péripéties encore, de départs, de trahisons, de retours, de baisers, d'étreintes torrides, et peut-être une scène ultime sur le pont d'un paquebot qui naviguerait vers l'Amérique, avec deux silhouettes à la proue, un rire emporté par le vent, ou bien un silence, car on peut être accablé par le bonheur comme par une perte irrémédiable.

Voilà, j'étais déjà en train d'écrire, dans ma tête, la fin du livre, et c'était peut-être pour cela qu'il était là, sur ce banc, pour que je m'en empare, ou un autre, pour que je le remplisse des rêves romantiques que personne n'ose avouer, des histoires que l'on dévore en secret, avec un peu de honte, elle n'avait pas honte, elle, elle avait si souvent pleuré devant moi, dans le métro, et maintenant elle courait dans la rue, vers qui, vers quoi, je ne le saurais jamais, et elle avait laissé son livre là.

J'ai posé ma main sur la couverture. Elle était déjà un peu mouillée. J'espérais que quelqu'un le découvrirait avant que l'humidité pénètre les pages. Je n'allais pas l'emporter. Pour le moment, j'avais décidé de donner, pas de prendre. Chaque chose en son temps.

Le bus était là, il m'attendait. J'avais les clés, bien serrées, dans ma main gauche.

Avant de retourner vers lui, je me suis baissée et j'ai retiré le marque-page, que j'ai glissé sous mon pull, contre ma peau. Le biseau m'a piqué le sein, et j'ai aimé cette piqûre – cette petite douleur.

Je savais qu'elle allait m'accompagner. Longtemps.

Les citations du chapitre 7 sont extraites de :
L'Odyssée, Chant XIV
Violette Leduc, *L'Affamée*
Thomas Hardy, *Tess d'Urberville*
Marie NDiaye, *Trois femmes puissantes*
Sandrine Collette, *Il reste la poussière*

Ce premier matin, Juliette voyageait en compagnie de :

Palais de glace de Tarjei Vesaas
Les hiboux pleurent vraiment de Janet Frame
Le Merveilleux Voyage de Nils Holgersson de Selma
    Laguerlöf
Mon frère et son frère de Hakan Lindquist
Sula de Toni Morrison
La Traversée des apparences de Virginia Woolf
Le Jeu des perles de verre de Hermann Hesse
Mudwoman de Joyce Carol Oates
La Montagne magique de Thomas Mann
La Naissance du jour de Colette
La Semaison de Philippe Jaccottet
La Voix sombre de Ryoko Sekiguchi

L'Espèce humaine de Robert Antelme

L'Offense lyrique de Marina Tvétaïeva

Les Liaisons dangereuses de Choderlos de Laclos

Comme un vieillard qui rêve d'Umberto Saba

Je sais pourquoi chante l'oiseau en cage de Maya Angelou

Cent ans de solitude de Gabriel García Márquez

Les Années bienheureuses du châtiment de Fleur Jaeggy

Laura Willowes de Sylvia Townsend Warner

Le Cercle littéraire des amateurs d'épluchures de patates de Mary Ann Shaffer et Annie Barrows

Le Livre de sable de Jorge Luis Borges

Notes de chevet de Sei Shônagon

Nedjma de Kateb Yacine

Amers de Saint-John Perse

Entretiens avec un vampire d'Anne Rice

Chroniques du pays des mères d'Élisabeth Vonarburg

À Suspicious River de Laura Kaschiske

Marelle de Julio Cortázar

Le Jour avant le bonheur d'Erri De Luca

Un petit cheval et une voiture d'Anne Perry-Bouquet

La Souffrance des autres de Val McDermid

Neige d'Anna Kavan

Les Pierres sauvages de Fernand Pouillon

La Cloche de verre de Sylvia Plath

Antigone d'Henry Bauchau

Le Pavillon d'or de Yukio Mishima

Le Temps où nous chantions de Richard Powers

Femmes qui courent avec les loups de Clarissa Pinkola Estés

Les Amantes de Jocelyne François

Gare du Nord d'Abdelkader Djemaï

Milena de Margarete Buber-Neumann

Lettres à un jeune poète de Rainer Maria Rilke

Vagabond de la vie, autobiographie d'un hobo de Jim
   Tully
Bartleby le scribe de Herman Melville
Pays de neige de Yasunari Kawabata
Demande à la poussière de John Fante
Dalva de Jim Harrison
Journal de Mireille Havet
Les Soleils des indépendances d'Ahmadou Kourouma

   Cette liste, d'ailleurs très incomplète, mais il était
impossible de citer tous les livres embarqués à bord du
Y.S., est donnée, comme elle a été composée, dans le
plus grand désordre et avec le secours de compagnons
fidèles (que je tiens à remercier au passage). C'est ce
qui fait le charme de bien des bibliothèques. Vous pou-
vez y ajouter vos préférés, vos découvertes, tous ceux
que vous conseilleriez à un ami ou à votre pire ennemi,
pour qu'il cesse de l'être, si la magie opère.
   Ou à votre voisine ou voisin, dans le métro.

Les vagues sont douces comme des tigres
Arléa, 1999

Dans le miroir
Gallimard Jeunesse, 2000, 2015

L'Évier
Arléa, 2001

Sept péchés
Arléa, 2003

La Tour du silence
Flammarion Jeunesse, 2003, 2011

J'ai suivi la ligne bleue
Le Rouergue, 2005

SOS Titanic
Journal de Julia Facchini, 1912
Gallimard Jeunesse, 2005

Le Temps des cerises
Journal de Mathilde, 1870-1871
Gallimard Jeunesse, 2006

Sous la vague avec Hokusai
Oskar Jeunesse, 2011

La Trace
Hachette, 2012

La Chanteuse de Vivaldi
Gallimard Jeunesse, 2012

Au Bois dormant
Hachette, 2014

RÉALISATION : IGS-CP À L'ISLE-D'ESPAGNAC
IMPRESSION : CPI FRANCE
DÉPÔT LÉGAL : AVRIL 2018. N° 137230 (3027050)
IMPRIMÉ EN FRANCE

Éditions Points

le cercle

Le catalogue complet de nos collections est sur
Le Cercle Points, ainsi que des interviews de vos
auteurs préférés, des jeux-concours, des conseils
de lecture, des extraits en avant-première…

www.lecerclepoints.com